슈리의 말

지은이

다카야마 하네코 高山羽根子 Haneko Takayama
1975년 일본 도야마현(富山県) 출생. 소설가, SF작가. 다마미술대학(多摩美術大学)
미술학부 회화학과 졸업. 2009년『유부가 들어간 우동(うどん キツネつきの)』으로
제1회 소겐SF단편상(創元SF短編賞) 가작 수상. 2016년『태양이 뜨는 섬(太陽の側
の島)』으로 제2회 하야시 후미코 문학상(林芙美子文学賞) 수상, 2020년『슈리의 말
(首里の馬)』로 제163회 아쿠타가와상(芥川賞)을 수상했다.

옮긴이

손지연 孫知延 Son, Ji-youn
경희대학교 일본어학과 교수. 경희대 글로벌 류큐오키나와연구소 소장. 저서로
『전후 오키나와문학을 사유하는 방법 – 젠더, 에스닉, 그리고 내셔널 아이덴티
티』,『냉전 아시아와 오키나와라는 물음』(공편),『전후 동아시아 여성서사는 어떻
게 만날까』(공편), 역서『오시로 다쓰히로 문학선집』,『기억의 숲』,『오키나와와
조선의 틈새에서』,『오키나와 영화론』등이 있다.

슈리의 말

초판인쇄 2023년 2월 10일 **초판발행** 2023년 2월 20일
글쓴이 다카야마 하네코 **옮긴이** 손지연
펴낸이 박성모 **펴낸곳** 소명출판 **출판등록** 제1998-000017호
주소 서울시 서초구 사임당로14길 15 서광빌딩 2층
전화 02-585-7840 **팩스** 02-585-7848
전자우편 somyungbooks@daum.net **홈페이지** www.somyong.co.kr

값 12,000원
ISBN 979-11-5905-759-5 03830
ⓒ 소명출판, 2023

슈리의 말

손지연 옮김
다카야마 하네코 지음

일러두기
본문 하단의 각주는 모두 옮긴이의 것이다.

한국의 독자 여러분께

한국 독자 여러분께 제 작품을 소개할 수 있게 되어 대단히 기쁘게 생각합니다.

이 작품은 아시아 여러 나라를 자유롭게 오갈 수 있었던 때에 집필한 것으로, 에어비앤비를 통해 예약한 타이베이의 한 호텔에서 교정작업을 했습니다. 원고를 인쇄소에 무사히 넘기고 타이베이에서의 일도 마치고 도쿄로 돌아가던 날 타이완에서 첫 번째 코로나19 감염자가 발생했다는 뉴스를 접했습니다.

소설의 무대는 이곳 타이완에서도 아주 가까운, 어느쪽인가 하면 도쿄보다 타이완이 거리상으로는 훨씬 가까운 오키나와라는 곳입니다. 일본 프로야구팀이 캠프를 차려 놓고 시즌 개막을 기다리며 훈련을 하는 곳이기도 하죠. 한국의 삼성 라이온즈도 매년 오키나와 캠프에서 훈련합니다. 프로야구를 좋아해서 매해 오키나와를 찾아 선수들의 훈련 모습이나 연습 경기를 구경하곤 했습니다. 그렇게 오키나와를 방문해 이곳저곳 돌아본 것이 이 소설을 집필하게 된 직접적인 계기라고 할 수 있겠네요. 그런데요 몇 년간은 가보지 못했습니다.

SF소설로 데뷔해서 지금까지 현실과 닮아있지만 조금은 다른 장소를 무대로 한 작품을 주로 써왔습니다. 그런 나에게 한 편집자가 "현실 속 장소를 무대로 해서 써봅시다"라는 말을 하더군요. 그래서 쓰게 된 소설이 바로 이 『슈리의 말』입니다.

오키나와의 역사는 중층적입니다. 독립국이었던 류큐는 메이지 시대에 일본에 병합되어 오키나와가 되었고, 제2차 세계대전 때에는 격전지가 되었습니다. 패전 후에는 30년 가까이 미국의 점령하에 놓였고, 그 와중에 한국전쟁을 수행하기 위한 비행기들이 오키나와 미군기지에서 한반도를 향해 무더기로 날아갔습니다.

오키나와에서 태어나고 자라지 않은 내가 그런 배경을 가진 오키나와를 무대로 소설을 쓴다는 것에 대한 두려움이 없지는 않았습니다. 소설 속 여성들도 나와 마찬가지로 오키나와에서 태어나고 자라진 않았지만, 이 점은 소설에서 매우 중요한 요소가 되고 있습니다.

이렇듯 다른 역사가 중층적으로 겹쳐진 오키나와라는 곳에서, 오키나와의 입장에서는 이방인의 존재가 '앎知'을 아카이브하고, 이를 통해 멀리 떨어진 사람들과 연결되어 소통하다 보면 자연스럽게 미래의 희망으로 이어질 수도 있겠다는 생각을 하면서 쓴 작품입니다.

그런 탓에 여러 요소를 마구 욱여넣어 버린 것 같다는 생각도 듭니다만.

감염병이 전 세계를 뒤덮고 있는 현 상황 속에서 넷플릭스의 오래된 드라마와 유튜브의 길거리 포장마차 영상만이 저를 구원해 주고 있습니다.

그것은 또한 인류의, 아주 소박한, 그러나 매우 귀중한 아카이브입니다.

갈 수 없는 장소를 앎과 그 아카이브를 통해 상상하는 것이 얼마나 도움이 되는지, 이 소설을 집필할 당시에는 생각지도 못했던 일들이 펼쳐지고 있습니다. 그것이 좋은 건지 아닌지는 아직 판단하기 어렵지만 말입니다.

다만 어떻든 국경을 자유롭게 넘나들 수 없게 된 것은 무척이나 견디기 힘듭니다. 마음 같아서는 서점에 진열된 『슈리의 말』을 보기 위해 당장이라도 한국으로 날아가고 싶습니다. 그런 김에 예전처럼 잠실, 사직, 그리고 광주에서 야구를 즐기며 한국 이곳저곳을 돌아보고 싶습니다. 그렇게 가벼운 마음으로 한국을 다시 찾게 되는 날이 오기를 진심으로 바랍니다.

나에게는 독자들을 이곳저곳으로 안내하고 싶은 욕망이 있습니다.

지독한 어려움뿐인 나날들이 계속되고 있지만, 곧 따뜻한 날들이 찾아오겠죠.

함께 살아 넵시다. 세상을 위해서라기보다 나를 위해서.

2023년 1월
다카야마 하네코 씀

차례

태풍이라면 진절머리가 날 만큼 자주 오는 터라 이 주변 집들은 대개 낮고 평평하다. 흔히 볼 수 있는 뾰족하게 솟아 있는 지붕이나 복잡하게 생긴 현관과 차양은 아름답기도 하지만 추위를 막아주고 눈을 견뎌낼 수 있도록 설계된 것이다. 다만 자주는 아니더라도 강풍이 불어 닥치기라도 하면 취약한 구조다. 바람에 지붕이 날아간다는 건 단순히 강풍에 무언가가 부딪혀서 깨지는 그런 정도의 파괴력을 말하는 것이 아니다. 바람이라는 것은 공기의 흐름이기 때문에 복잡한 형상과 만나게 되면 압력으로 인해 소용돌이가 일어난다. 건물 외벽이 뚫리기도 하고 지붕이나 벽이 뜯겨져 날아오르기도 한다. 되도록 바람의 영향을 받지 않도록 하려면 울퉁불퉁한 부분 없이 사각형 모양의 평평한 지붕으로 설계할 필요가 있다. 이 주변 집들 대부분이 그런 모양을 하고 있다. 오래된 전통 가옥의 경우 초벌구이한 오렌지빛 기와가 날아가지 않도록 틈새에 우윳빛에 가까운 흰색 회반죽을 발라둔다. 이것은 강풍을 대비한 것이기도 하지만 들짐승이나 새나 뱀 등이 둥지를 틀지 못하게 하는 장치이기도 하다. 이 오렌지와 우윳빛이 감도는 독특한 지붕의 색감은 남국 특유의 풍치와 어우러져 멋스러움을 자아낸다.

　다만 슈리首里 주변 건물 대부분은 전쟁 이후 옛 정취를 살려 다시 지은 것들이다. 이리저리 불타버리고 남겨진 얼마 안 되는 기록과 살아남은 자들의 희미한 기억에 의지해 재현한 소박한 성城과 건축물들은 지금 이 땅의 상징으로 꿋꿋하게 자리하고 있다.

　미나토가와港川라고 불리는 이 일대는 예전에는 외인 주택 지구로 통했다고 한다. 그런데 그 호칭은 어디까지나 일본의 시선에서 본 것으로 엄밀히 말하면 잘못된 명명이다. 최근 리모델링한 모던한 건축물들이 이 일대에 유독 많이 들어섰다. 옅은 황색과 푸른색 페인트칠을 한 평평하고 네모난 콘크리트 상가들이 젊은이들 취향의 잡화점, 구제가게, 카페, 갤러리로 임대되고 있다. 주변에 이렇듯 다양한 상점들이 들어서고 활기를 띠기 시작하면서 최근에는 내국인만이 아니라 아시아 여러 나라에서 관광객들이 몰려들고 있다.

　이 지역에서는 선조 대대로 이어져 내려오는 유서 깊

은 가옥을 찾아볼 수 없다. 에이소英祖* 왕통을 잇는 중심 도시였다고 전해지는 이 땅의 역사는 듬성듬성 빠진 이처럼 지금껏 그 명맥을 이어오고 있다. 과거 이른바 류큐처분琉球処分**으로 일본의 한 현県으로 새롭게 구획되었고, 태평양전쟁 말기에는 나하那覇 슈리 지역에 일본군 사령관이 주둔하는 등 피비린내 나는 오키나와전투의 무대가 되기도 했다. 이 일대 건물들은 대부분 파괴되어 형체도 없이 사라져 버렸다. 그런데 파괴된 것은 건물만이 아니었다. 본토에서 오키나와를 지키기 위해 건너온 일본군 병사들은 들리는 소문과 달리 아주 적은 숫자였고 거기다 최신 병기는 다룰 줄도 몰랐다고 한다. 결국 방위소집이라는 이름으로 불러 모은, 훈련 같은 건 받아 본 적도 없는 지역 민간인들이 전쟁을 떠맡아야 했다. 오키나와 성인 남자들이 모두 사라졌다는 말이 회자될 정도였다고 한다. 그뿐만 아니라 여학생들을 동원한 여자학도대도 조직되었다. 이 전쟁에서 무고한 목숨을 잃은 민간인 사상자 수는 '미상'. 이 '미상'이라는 수치가 정식 기록으로 오늘날까지 이어지고 있다.

---

* 에이소(1229~1299?)는 오키나와 여명기의 왕으로 전해지는 인물로, 태양의 아들이라 하여 신호(神号)를 에소노 데다코(恵祖日子)라 칭함. 온 나라에 기근과 역병이 창궐하여 백성들의 삶이 피폐해져 있을 때, 에이소가 정사를 잡고부터 나라가 안정되었다고 전해진다. 류큐 왕국이 형성되기 이전의 인물인만큼 정확한 역사는 알기 어렵다.

** 1879년 메이지 정부가 류큐 왕국을 강제로 병합해 오키나와현으로 만든 사태.

전쟁 이후 오키나와 전역은 미국령이 되었다. 모든 것이 불타버려 아무것도 남아 있지 않은 땅에 기지 주변이건 어디 건 가리지 않고 주택과 시설들이 들어섰다. 지금은 일본으로 돌아오긴 했지만 미국령의 흔적이 곳곳에 남아 있고 아직도 국외 취급을 받는 곳도 있다고 한다.

지명은 어쩐 일인지 에이소 왕통 시절부터 이어져 온 이름 그대로 간직하고 있다. 로마자나 한자로 표기해 옛 이름이 다소 변형된 것도 있지만 그조차 옛 이름의 정취를 살려 그 위에 겹겹의 의미가 덧칠되어 오늘에 이르고 있다.

지금의 외인주택은 관광지로 사랑받고 있다. 그곳에는 옛 주택지였던 곳, 다시 말해 아직 미국령이었을 무렵 주민들이 이용했을 상점과 교회 같은 시설의 흔적이 드문드문 남아 있다. 개중에는 외인주택과 같은 시기에 세워진 건축물도 보인다. 모두 걸어서 돌아볼 수 있으며 관광객과 주민들로 붐비는 다른 관광지에 비해 한산한 편이다.

이 지역에는 눈에 띄는 콘크리트 건물 한 채가 있다. 벽면 칠이 벗겨진 건지, 아니면 원래 그런 구조인 건지는 모르겠는데 콘크리트 질감을 그대로 살린 듯한 꺼끌꺼끌한 느낌과 색을 하고 있다. 이 건물의 첫 번째 주인으로 알려진 남자는 외인주택 주민들을 상대로 세탁소를 경영

했다고 한다. 그래서인지 가게 이름과 가격표가 모두 달러로 표시되어 있다. 아마도 페인트로 직접 쓴 모양으로 칠이 많이 벗겨져 자세히 들여다봐도 알아보기 힘들다.

남자는 오키나와가 미국령이었을 때 집을 짓고 일을 시작했다. 남자는 전쟁을 경험했다. 거기다 남자의 아버지는 젊은 시절 오키나와 전역을 덮쳤던 대기근도 겪었다. 두 시기 모두 수많은 인명 피해를 낳았다. 남자의 아버지는 남자가 태어나고 얼마 안 되어 사망했고, 남겨진 남자는 전쟁이 끝나고 한참 후에 어머니를 병으로 잃었다. 그 후 가게를 열고 가정도 이루었다. 나이가 들어 아내를 먼저 떠나보내고 얼마 후 남자도 세상을 떠났다. 부부는 장수했다. 남자는 오키나와 사람이 장수 확률이 높은 건 제 명대로 살지 못하고 억울하게 죽어간 수많은 이들의 목숨을 다만 며칠이라도, 몇 년이라도 대신해서 살아가기 때문이라고 진심으로 믿고 있었다. 남자의 외동딸은 결혼과 함께 국경을 넘어 캐나다로 이주했고, 남자가 예전에 주상복합으로 세운 이 건물은 남자가 사망한 후 아무도 돌보는 사람 없이 내버려져 있었다. 그래서 시세보다 싼 가격에 나왔다.

건물의 다음 주인, 그러니까 현재의 주인은 요리順라는 이름의 노년 여성이다. 요리 씨는 이곳 오키나와에서 나고 자란 사람이 아니다. 젊은 시절 민속학에 매진해온 연구자로 이곳 미나토가와에는 나이가 들어 이주해 왔다. 연구 분야의 특성상 현지 필드워크가 중요한 터라 한 곳에 정착하지 못하고 일본 이곳저곳을 떠돌며 살아왔다. 지금은 자료 수집차 들렀던 오키나와에 계속해서 머물고 있다. 긴 유랑생활을 마치고 오키나와를 인생의 종착지로 삼은 것이다.

요리 씨는 이 건물과 그리 멀지 않은 곳에서 딸 미치途 씨와 함께 생활하고 있다. 요리 씨가 나이가 들면서 간사이關西 도심에 살던 미치 씨가 이곳으로 이주해온 것이다. 미치 씨의 남편은 병으로 세상을 떠났고, 아들 둘은 결혼해서 각자의 가정을 꾸렸다. 치과의사였던 미치 씨는 어머니와 살게 된 집 근처에 작은 치과를 열었다.

요리 씨가 매입한 건물 입구에 내걸린 가로 육십 센티 정도의 법랑 재질로 만들어진 간판에는 조금 긁히긴 했지만 또박또박 선명한 글씨로 '오키나와 도서島嶼 자료관'이라고 쓰여 있다. 그렇게 이 건물은 어찌어찌 이 섬의 자료관이 되었다. 다만 어디까지나 요리 씨 개인이 모은 것으로 이런저런 잡다한 자료들이 몇 개 되지 않은 방을 꽉 채웠다. 섬의 역사, 예컨대 전쟁 전부터 살아온 이들의 이야기나 부모와 그 부모의 부모 세대까지 거슬러 올라가 먼 조상에게서 전해 내려오는 이야기, 그리고 구술자료에 이르기까지 오랜 시간을 들여 끈기 있게 모은 것들로 요리 씨의 재산 목록 일 호다.

날이 밝으면 딸의 차를 타고 자료관에 출근하고, 병원 일을 마친 딸의 차를 타고 귀가하는 것이 요리 씨의 일상이었다.

***

오늘 미나코未名子는 자료관에서 오전 내내 자료 인덱스 카드를 확인하고 정리했다. 카드에 기록한 기호나 문자는 대개가 손글씨인데 아주 드물게 삐뚤삐뚤한 타자로 친 카드가 섞여 있다. 아마도 요리 씨 작품일 것이다. 요리 씨는 지나치게 진중한 편으로 글씨도 한 자 한 자 천천히 꾹꾹 눌러 쓴 탓에 잉크가 카드 뒷면까지 번지기 일쑤였다. 타자기로 친 것은 키보드를 너무 세게 두들긴 탓에 종이가 울어 있었다. 카드는 모두 번호순으로 정리해 서랍장 안에 보관한다. 카드 크기에 딱 맞는 서랍 — 그렇다기보다 카드를 서랍 사이즈에 맞춘 듯한 — 은 한의원 약서랍처럼 생겼다. 이 낡은 서랍장은 폐업한 병원에서 들여온 모양으로 뒷면 한쪽 구석에 '쇼와昭和 8년 마나비愛陽 내과'라고 새겨진 십 센티 폭의 놋 재질 표식이 붙어 있었다. 병원에서 직접 사들인 것이 아니라 고가구점을 통해 구매한 것으로 보인다. 필시 본토에서 건너왔을 것이다.

이 지역은 이런 물건이 남아 있기 어려울 정도로 전쟁으로 모든 것이 불타버렸고, 게다가 전쟁 시작과 함께 오리엔탈 풍의 고가구는 미국인들이 쓸어 담듯 사들였기 때문이다. 당시 본토로부터 이런저런 물건들이 엄청나게 쏟아져 들어왔는데 그때 따라 들어왔을 확률이 높다. 어쨌든 이 서랍장에 대한 정보는 여기까지다. 어디에 있는 무슨 병원 물건인지는 고가구 판매업자도, 미나코도, 요리 씨도 알지 못한다.

미나코는 일람표 하나하나의 위치를 확인하면서 나무 서랍장 하나를 빼내 바로 앞 긴 테이블 위에 올려놓았다. 서랍 안에 빼곡히 들어있는 카드 다발을 항목별로 꺼내어 테이블 위에 카드를 정렬한 후, 한 장 한 장 확인해 간다. 이런 작업 방식은 요리 씨에게 따로 배운 것도 아닌데 손에 익은 듯 능숙했다.

서랍장만큼은 아니지만 그 안에 들어찬 카드도 제법 오랜 시간이 흘러 곰팡이와 빛바램, 벌레 먹은 자국으로 판독이 어려운 것들도 종종 있다. 그럴 때는 원본과 대조하며 종이를 덧대어 보수하기도 하고 새 카드에 옮겨 적기도 한다. 파손된 카드는 버리지 않고 새 카드와 함께 보관한다. 옮겨 적을 때 주의를 기울인다고 해도 오류가 발생할 가능성이 있고 글자를 판독하기 어려워 대충 적어 넣을 때도 있기 때문이다. 이런 여러 경우의 수를 생각해서 원본도 가능한 파기하지 않도록 하고 있다. 아카이브 구축에 꼭 필요한 작업이긴 하지만 이렇게 보수를 해가는 사이 카드가 한정 없이 늘어나 서랍장이 포화상태가 되어버렸다. 백 제곱미터는 족히 되어 보이는, 절대 작은 규모가 아닌데도 건물은 쌓인 자료들로 미어터지기 일보 직전이었다.

자료관을 차지하고 있는 것은 대부분이 종이 자료로 지역 신문이나 잡지 기사를 스크랩한 것, 구술자료, 아이들이 수업 시간에 그린 스케치, 성인들이 취미로 그린 수채화, 일반인들은 알아보기 힘든 기호로 된 특이한 악보 같은 것들이다. 이 엄청난 분량의 자료들을 스크랩북이나 파일 형태로 분류해 보관하고 있다.

종이 자료 이외의 것들도 있다. 이를테면 이 지역에 서식하는 식물 표본이라든지 다양한 모양의 곤충 표본, 새의 날개, 오래된 사진과 그 건판, 특이한 문양이 들어간 민예품과 천 조각 등도 있다. 카세트테이프에는 걸쭉한 사투리의 노인 목소리나 노랫소리가 기록되어 있다고 하는데 미나코는 아직 들어보지 못했다. 이것을 재생하기 위해서는 카세트플레이어가 필요한데 요즘은 구하기 어렵다. 얼마 전 인터넷으로 검색해보니 아직 생산하는 곳이 있긴 있는 모양인데 이 오래되고 낡은 테이프가 과연 재생될지 염려도 되었고, 또 다른 이런저런 이유로 아직 확인하지 못한 채 보관 중이다.

종이 이외의 자료들은 모두 책상 아래쪽 서랍 안에 아무렇게나 구겨 넣어져 있다. 모든 선반에 기호와 번호를 붙여 두었는데도 자료가 하나둘 늘어나면서 점점 알아보기 힘들게 되었다. 과연 미나코와 요리 씨가 제대로 분류하고 있는 건지 의문이다. 처음 보는 사람은 아마도 이 분류 코드를 알아보지 못할 것이다. 뭔가 문제가 있다는 건 요리 씨도 미나코도 잘 알고 있었다.

미나코와 요리 씨는 혈연으로 맺어진 가족도 아니고 자료관 관장과 직원 관계도 아니다. 그런데 미나코는 시간이 날 때마다 요리 씨가 퇴근하기 전까지 이 자료관에서 자료 정리하는 일을 도맡아 왔다. 지금은 요리 씨의 도움 없이 스스로 방법을 터득해 가고 있는 중이다. 이곳에는 미나코가 거주하는 지역의 다양한 기록들이 보관되어 있다. 예전에는 존재했지만, 지금은 사라지고 없는 것도 있고, 지금까지 이어져 오고 있으나 실물로는 확인이 안 된 정보들도 많았다.

미나코가 자료관을 드나들면서 요리 씨를 돕기 시작한 건 지금으로부터 십여 년 전 중학생 때부터였다. 낯가림이 심하고 학교에 적응하지 못했던 미나코를 위해 부모님이 이사를 감행한 것인데 결과적으로 미나코에게는 잘된 일이었다. 그때의 요리 씨는 지금보다 훨씬 젊고 건

강했으며 오래된 이 자료관에서 지금의 미나코처럼 자료 분류 작업에 몰두했었다. 학교를 빼먹고 자료관 주변을 서성이던 미나코를 안으로 불러서는 자료들을 구경시켜 주고 사람 뼛조각을 손바닥 위에 올려놓고 만져 볼 수 있게 해준 것도 요리 씨였다.

요리 씨가 가지고 있던 뼛조각은 자료관 주변에서 수습된 것이다. 이 주변은 고대인들이 무리를 지어 살던 곳으로 에이소 왕조 시대 훨씬 이전부터 번성했다고 한다. 아직 어렸던 미나코는 이 뼛조각이 아주 오래된 화석인지 전쟁으로 죽어간 이들의 뼛조각인지 구분하지 못했다. 구분은커녕 요리 씨의 설명이 없었다면 이 작은 조각이 옛 인간의 일부였다는 사실조차 알지 못했을 것이다. 그런 미나코에게 요리 씨는 이 작은 뼛조각이 어떤 이유로 자신의 손에 들어오게 되었는지 찬찬히 이야기해 주었다. 요리 씨는 사람의 뼈만이 아니라 지금까지 미나코가 본 적 없는 기묘하게 생긴 것들을 잔뜩 보여주었다. 모두 이 지역과 인연이 있는 사연이 깃든 것들이었다. 자료관에 흘러넘치는 수많은 정보들은 요리 씨의 설명 없이는 아무 소용없는 것에 불과했다. 종이에 적혀 있는 정보들도 마찬가지다. 수치라든가 하는 것들이 어떤 의미를 갖는지 그것에 나름의 의미부여를 하지 않는다면 단순한 잉크 자국에 불과할 것이다. 자료마다 인덱스가 붙여져 있긴 하지만 온전히 파악하는 데는 시간이 꽤 걸린다.

미나코는 처음 이곳에 왔을 때부터 요리 씨에게 흠뻑 매료되었다. 그녀의 소중한 보물뿐만 아니라 사람의 죽음을 떠올리게 하는 것까지도 그에 얽힌 이야기를 어린 자신에게 친절하게 설명해 주는 모습에 말이다. 학교 선생님이었다면 죽은 이의 뼛조각은 고사하고 길가에서 죽음을 맞이한 동물의 사체도 아이들이 볼 새라 치우는 데 급급했을 것이다.

이 자료관을 드나들기 전까지만 하더라도 미나코는 자신이 거주하는 지역의 역사와 문화에 별다른 흥미를 느끼지 못했다. 그런데 자료관에 쌓여 있는 자료를 마주하고 읽기 시작하면서 즐거움을 알게 되었다. 또한, 인간관계에 별 관심이 없다고 생각했던 자신이 의외로 사람을 좋아한다는 사실도 알게 되었다. 미나코는 중고등학교 시절 내내 학교에 가지 않는 날이면 필기도구를 챙겨 자료관으로 향했다. 졸업 후에도 틈만 나면 자료관에 머물면서 자료 정리를 도왔다.

요리 씨의 자료관에는 미나코가 보고 보고 또 봐도 질리지 않는 것들로 가득했다. 자료관은 따로 입장료를 받는 것도 아니고 국가나 지자체에서 보조금이 나오는 것도 아니어서 수입이 전혀 없었다. 요리 씨는 과거 젊었을 때 이른바 재야 향토사학자로 활동했는데 지금은 필드워크가 불가능할 정도로 나이가 들어버렸다. 미나코 또한 학예사 신분도 아니고 정식 연구원도 아니었다. 재야 향토사학자의 사정은 불 보듯 뻔해서 급여를 주면서 사람을 쓸 만큼의 여유가 없었다. 미나코가 다른 직업을 갖게 된 이유다.

보조금을 신청하려고 해도 번잡하고 규정도 여간 까다로운 게 아니어서 일찌감치 포기했다. 마을 사람들의 눈에는 오래된 이상한 건물로 비칠지 모르지만, 이 자료관은 사람뿐만이 아니라 모든 살아있는 것들의 흔적이 보관된 곳이다. 이 주변에서 서식하다 죽음을 맞이했을 동물의 조잡한 박제가 창문 너머로 보이고 무수한 불온한 정보들이 흘러넘치는 곳이다.

만약 이 자료관이 보조금을 받는 공공기관이었다면 입장료 수익을 올리기 위해 전시회를 열고, 주말에는 갤러리 토크를 진행하는 등 입장객을 끌어모으는 데 열중했을 것이다. 그랬다면 미나코도 이렇게 오래도록 돕지 못했을 것이다.

미나코가 성인으로 성장해 가는 동안 요리 씨는 조금씩 쇠약해져 갔다. 예전에는 미나코와 둘이 산책도 다니고 신문을 읽으며 세상 돌아가는 이야기로 꽃을 피웠지만, 주변 사람들이 눈치채지 못하는 사이 투명한 무언가에 신체를 점령당하기라도 한 듯 감정뿐만 아니라 이런저런 기능들이 무뎌져 갔다.

아카이브를 정리하는 작업은 단조롭기 그지없지만 그렇다고 해서 꼭 새로울 필요도 없다. 미나코는 성실히 인덱스에 A부터 Z까지 번호를 매긴다. 언어별 혹은 지역별로 나누고 그것을 시대별로 배열한다. 데이터는 복구 불가능한 것들도 꽤 많았는데, 요리 씨가 작업해 놓은 자료를 다시 확인하고 정리하는 일은 자료 보존에 꼭 필요한 중요한 일이었다. 같은 작업을 반복하는 것만으로도 말이다. 눈길을 한 번이라도 더 준 자료는 그 가치가 배가 된다. 설령 그것이 단조로운 스탬프를 찍는 일에 지나지 않더라도 말이다.

정리 작업을 시작하고부터 미나코는 자료를 일일이 자신의 스마트폰에 저장해 두는 버릇이 생겼다. 분류한 카드와 자료를 나란히 놓고 사진으로 찍어 보존해 두는 방식이다. 그렇게 몇 년이 지나자 미나코의 촬영 기술도 나날이 발전해 이전보다 깨끗하게 데이터를 보존할 수 있게 되었다. 손글씨나 타자로 친 것과 마찬가지로 시간이 지나면 색이 바래거나 흐릿해질지 모르지만 없는 것보다 나으리라는 믿음으로 계속해 나가다 보니 어느덧 작업 속도가 점점 빨라져 자료 정리와 촬영이 동시에 가능하게 되었다. 스마트폰을 목에 걸고 자료를 촬영하고 정리해 가는 손놀림이 제법 빨라졌다.

미나코는 자신의 심장 바로 아래에 있는 위 부근에서 규칙적으로 미세한 진동이 전달되어 오는 것을 느끼고는 카드를 정리하던 손을 멈췄다. 늘 목에 걸고 다녔지만 평소에는 자료 촬영에만 사용했던 터라 미나코는 이 물건에 통신 기능이 있다는 사실조차 인지하지 못했다. 단말기도 자신에게 통신 기능이 있다는 사실에 놀라움과 곤혹스러움을 느낀 모양으로 액정 화면에 '간베カンベ 주임'이라는 글자를 희미하게 깜빡거리며 진동음을 울리고 있었다.

미나코는 요리 씨 쪽을 흘깃 바라보았다. 요리 씨는 요즘 들어 부쩍 볕 좋은 자료관 한쪽 구석에 자리를 잡고 낮잠을 청하거나 깨어있더라도 잠들어 있는 듯한 모습으로 지내는 시간이 많아졌다. 미나코는 약을 넣어두는 낡은 선반이 있는 방을 지나쳐 현관으로 나가 전화를 받았다.

간베 주임에게서 전화가 걸려 오는 일은 극히 드물다. 미나코는 두근거리는 가슴을 진정시키며 형식적인 몇 마디 인사를 주고받은 뒤,

"네, 스튜디오까지 사십 분 정도 걸릴 것 같아요. 네, 알겠습니다."

라는 대답을 건넸다.

"죄송해서 어떡하죠. 무리하지 않으셔도 됩니다. 그쪽에는 일단 안 될 거라고 말해 두었어요."

라며 미안하다는 말을 연발하는 간베 주임의 목소리가
미나코의 스마트폰을 통해 흘러나왔다. 간베 주임은 자
칫 기가 약하고 과하게 공손한 것처럼 보일지 모르지만
친절하고 성실한 사람이다.

전화를 끊고 방으로 돌아와 보니 요리 씨가 조금 전
과 같은 자세로 흐트러짐 없이 앉아 있었다. 미나코는 요
리 씨 귀 가까이에 대고 큰 목소리로 또박또박,
"오늘은 일이 생겨서 이만 가볼게요."
라고 말을 건넨다. 요리 씨가 알아들었다는 듯 입술 언저
리를 달싹여 보인다. 자료관을 빠져나온 미나코가 버스
정류장을 향해 걸음을 서둘렀다.

***

간베 주임은 미나코의 직장 상사이긴 하지만 딱 한
번 만났을 뿐이다. 그의 근무지는 도쿄다.

미나코의 입사 면접은 나하공항 안에 자리한 커피숍
에서 치러졌다. 면접관으로 오키나와를 찾은 간베 주임
은 미나코보다 대략 다섯 살 정도 위인 듯했고, 약간 살
집이 있어 보이는 체형에 서글서글한 인상이었다. 사람
들과의 교류가 거의 없다시피 한 미나코도 호감을 느낄
만큼 매력적인 구석이 있다. 오키나와 특유의 무덥고 습

한 날씨에도 정장 차림으로 나온 것도 마음에 들었다. 땀은 별로 흘리는 것 같지 않았지만 그래도 덥다는 불평 한 마디쯤은 할 법한데 그런 것도 없었다. 그래서 더 반듯하고 깨끗해 보였다. 간베 주임은 아이스커피를 주문하며 모처럼 오키나와에 왔으니 자색고구마 아이스크림도 맛보겠다며 한껏 들떠 있었다.

면접 분위기는 편안하고 즐거웠다. 오랜만의 대화로 들떠있었던 건지 처음 들어보는 일에 흥미를 느꼈던 건지 모르겠지만. 미나코는 자신의 감정을 표현하는 데 서툴렀다. 나중에 알고 보니 그런 모습이 오히려 호감을 샀던 모양이다.

면접을 시작하면서 간베 주임은,

"오키나와 특유의 억양이 없으시네요."

라며 아무렇지 않게 말을 꺼내는가 싶더니 곧이어 당황한 표정으로,

"죄송해요. 조금 전 말은 오해하실 수 있겠네요. 제 말뜻은 출신에 대한 것이 아니라 업무 성격상 일본어 발음이 중요해서 말이죠."

라며 변명을 늘어놓았다. 정작 미나코는 출신을 묻는 것이 어째서 실례인지 알지 못했다. 적잖이 당황해하는 간베 주임 앞에서 자신이 나고 자란 곳은 오키나와지만 부모님은 모두 간토關東 출신이라 집에서는 간토 사투리를

쓴다는 이야기는 꺼내지도 못했다. 그보다는 사실을 고백하자면 워낙 어렸을 때 떠나와서 부모님의 말투가 정확히 어느 지역 사투리인지 알지 못한다.

언제부턴가 오키나와 여기저기에 콜센터가 세워지고 인터넷이나 케이블 TV 통신판매를 전담하는 새로운 직종이 생겨났다. 그런데 얼마 전부터 메일이나 자동음성으로 대체하는가 싶더니 하나둘 문을 닫기 시작했다. 미나코가 실직한 것도 그 무렵이었다. 그동안 성실하게 근무한 덕에 당분간 생활비 걱정은 없었다. 그런데 돌이켜 보니 불쑥불쑥 어깨를 짓눌러온 만성적인 불안감은 떨칠 수 없었던 것 같다. 인터넷 구직 사이트에 정보를 등록해 놓긴 했지만 안심할 수 없었다. 미나코와 비슷한 경력을 가진 사람들이 많은 데다 불안정한 상황에 내몰린 이들이 한둘이 아니었기 때문이다. 미나코는 여러 번 불합격 통지서를 받아야 했는데 떨어진 이유를 명확하게 말해주는 곳은 거의 없었다. 랜덤으로 선발했다든가 추첨으로 선발했다든가 하는 식의 애매한 채용 방식도 문제였다. 아무리 응시자 수준이 고만고만하다 하더라도 탈락 사유를 간단하게라도 알려줬더라면 조금은 덜아쉬웠을 것 같다. 이번 회사는 모집 요강에 '오퍼레이터'라고만 적혀 있어 무슨 일을 하는 곳인지 도통 짐작이 가지 않았는데 간베 주임과의 면접을 통해 모든 궁금증이 풀렸다.

　버스 안은 미나코가 내릴 때까지 타고 내리는 사람이 하나도 없을 만큼 한산했다. 차례로 지나쳐가는 정거장들, 사이좋게 어깨를 나란히 하고 이어지는 낮고 평평한 건물들, 차 안에서 들려오는 병원 안내 광고 소리까지 평소와 다름없이 일상의 시계가 흘러가고 있었다.

　이 일을 시작하기 전에도, 그리고 시작한 후에도 미나코의 마음속에는 그리 강하지는 않지만 수없이 많은 불안감이 자리했었다. 그녀의 인생에서 가장 불안했던 날들이었지만 이 일을 시작한 후로는 다 잊었다.

　미나코가 이번 채용에 성공한 데에는 몇 가지 이유가 있었다. 우선 콜센터 전화 상담 경력이 풍부하고 간베 주임의 말처럼 입이 무거워 보였기 때문이다. 미나코 스스로도 책임감과 인내심이 강하다고 자부하며, 무엇보다 지금 현재 가족과 떨어져 외롭게 지내고 있는 것이 이런 일을 하기에 안성맞춤이라고 생각했다.

*　*　*

　나하 이즈미자키泉崎 버스터미널에서 서쪽을 바라본 곳에 자리한 구모지久茂地강을 건너면 시내를 통과하는 모노레일이 지나다닌다. 강을 따라 아사히바시旭橋역도 보인다. 전쟁 전에는 현이 운영하는 경전철이 운행했고, 그 주변에 교통의 중심이라고 할 수 있는 나하역이 자리하고 있다. 선로가 없어진 지금은 오키나와 각지로 향하는 버스가 모인 교통의 요지로 부상했다. 나하공항 주변은 건축 제한이 걸려 있어 도서관이나 세무서와 같이 고도가 낮은 관공서 건물들이 줄지어 서 있다. 거기서 북동쪽 방면으로 가면 미군기지 일부가 반환되어 새롭게 조성된 지역이 나오는데 고급 맨션과 빌딩이 앞다퉈 솟아 있다. 빌딩 일 층은 대개 식당이나 술집, 오락실 등이 자리한다. 낮에는 샐러리맨이나 학원생들이 우르르 쏟아져 나와 식사와 게임을 즐기고 다시 몰려 들어갔다가 밤이 되어서야 다시 쏟아져 나온다. 그리고는 다시 식당가와 술집, 오락실로 찾아든다.

미나코가 일하는 건물도 이곳에 자리한다. 부동산 가게 옆쪽으로 난 좁은 계단을 통해 삼 층까지 올라가면 사무실이다. 이 층에는 '썬라이즈 헬스 사이언스 시스템'이라는 이름부터 수상쩍은 사무소가 자리하고 있다. 뭐 하는 곳인지 도통 짐작이 가지 않는 그곳에서 가끔 정장 차림의 남녀가 상자를 끌어안고 무리지어 나오곤 한다. 그 사람들 눈에는 미나코 혼자 드나드는 삼 층이 오히려 수상쩍게 보일지도 모를 일이다. 이런저런 생각을 하면서 미나코는 가방에서 열쇠 꾸러미를 꺼내 들었다. 집 열쇠와 최근엔 별로 사용할 일이 없는 마당 창고 열쇠, 그리고 자전거 자물쇠가 딸려 나왔다. 그 가운데 제일 무거워 보이는 열쇠를 꺼내 셔터를 반쯤 올리고 안으로 들어간다. 이렇게 반만 열어두면 대개는 들어올 생각을 못 한다. 이것저것 가릴 처지가 아닌 영업사원이라면 몰라도 일이 있어 온 사람도 웬만하면 그냥 돌아선다. 중앙 로비에 설치된 칸막이는 이전에 입주했던 사람들이 놔두고 간 모양으로 가림막으로 요긴하게 사용 중이다. 누군가 불쑥 들어오더라도 이 기묘한 공간을 바로 눈치채지 못하도록 말이다.

어둠 속에서도 더듬지 않고 전기 스위치가 있는 곳을 찾아낼 정도로 이 공간은 미나코에게 익숙하다. 어지럽게 자리한 아홉 개의 스위치 가운데 필요한 네 개의 스위치만 켠다. 환풍기가 돌아가기 시작하고, 불이 켜지고, 실내 전경이 눈 앞에 펼쳐진다.

사무실 안은 심플했는데 그래서인지 더 기묘하게 보였다. 벽지는 딱히 흰색이라고도, 그렇다고 이렇다 할 색이나 무늬가 있는 것도 아니었다. 굳이 말하자면 그레이에 가까운 크림색이다. 모든 창문은 롤스크린으로 가려져 있다. 몇 개의 사무용 책상과 그 위의 모니터 등의 집기는 사용한 흔적 없이 오래전부터 이 공간과 한 몸인 것처럼 자리하고 있다. 이 기자재들이 사용되지 않은 채 방치되고 있다는 걸 알게 된 건 시간이 조금 흐른 후였다. 그만큼 눈에 띄지 않게 신중하게 배치해 놓았다는 이야기다. 미나코가 혼자 일하기엔 넓은 공간이었지만 그렇다고 아주 넓은 건 아니었다.

참고로 이곳은 겉으로 표나지는 않지만 방음장치가 아주 완벽하다. 남들보다 귀가 밝은 편인 미나코는 처음 들어올 때부터 이 공간이 진공 상태라는 걸 금방 감지했다. 귀가 막혀 버린 느낌이랄까 고사양의 스피커 안에 갇혀버린 느낌이랄까. 간베 주임이 사무실도 아니고 오피스도 아닌 스튜디오라고 소개한 이유를 알 것 같았다.

아무 생각 없이 보면 평범한 사무실처럼 보인다. 그런데 주의 깊게 둘러보면 보통의 사무실과 조금 다르다는 걸 눈치채게 된다. 구형 냉장고와 전자레인지, 커피메이커 등 최소한의 것만 갖추고 있다. 그리고 사무용 책상, 전화기, 오래된 컴퓨터 등이 놓여 있다. 어째서인지 사무실이라면 흔히 있을 법한 것들이 보이지 않는다. 예컨대, 이런저런 제목이 붙은 파일 뭉치라든가, 파일이 정리된 철제 선반이라든가, 심이 반만 남은 호치키스라든가, 펀치로 뚫고 남은 동그란 모양의 종이 파편들이라든가, 여기저기 어지럽게 놓인 플라스틱 쓰레기통이라든가, 스카치테이프 조각이 덕지덕지 붙은 무거운 셀룰로이드 받침대라든가, 패스워드가 적힌 작은 포스트잇이나 메모지 같은 것들 말이다.

언뜻 보면 CG로 재현한 게임 무대 같기도 하고, 우주의 지성체가 지구의 인간들이 일하는 곳은 이렇게 생겼을 거라고 추측해서 만들기라도 한 듯 뭔가가 어설펐다.

시내 속 작은 잡거빌딩. 겉으로 보기엔 평범해 보이지만 실제로 안에 들어가 보면 예상을 한참 빗나간 용도로 사용되고 있는 시설이 입주해 있다는 사실을 주위의 높은 빌딩에서 일하는 사람들은 전혀 눈치채지 못할 거라고 생각하니 미나코의 심장이 격렬히 고동쳤다. 그것도 '썬라이즈 헬스 사이언스 시스템'보다 훨씬 더 상상을 초월하는 곳이라면 말이다.

컴퓨터 프로그램이 가동되는 사이 에어컨을 켜고 냉장고에 넣어둔 원두와 생수병을 꺼냈다. 비품과 소모품은 전부 간베 주임이 주문을 넣어 떨어지기 전에 미리미리 보충해 주었다. 정기적으로 배달되는 택배 상자는 부재 시엔 출입문 앞에 놓여 있다. 가끔 더 필요한 것은 없는지 메일로 물어오기도 하는데 미나코는 그때마다 괜찮다는 답장을 보냈다. 오키나와 업체에서 만든 선물용으로 보이는 조금 색다른 풍미의 커피. 포장에는 '아와모리泡盛* 볶은 커피'라고 쓰여 있었다. 브겐비리아의 일러스

---

* 　오키나와 특산 소주.

트가 그려진 알루미늄 팩을 뜯자 독특한 향이 훅하고 코를 찔렀다. 평소 술이나 커피를 즐기는 편이 아닌 미나코는 이것이 아와모리 향인지 아닌지 잘 알지 못한다. 다만 볶았다고 하니 알코올은 날아갔을 테고 선물용으로 판매되는 것이니 고급일 거라고 믿고 평소 집에서는 잘 마시지 않는 커피를 이곳에 올 때마다 한 잔씩 하고 있다. 곱게 갈린 원두를 여과지에 넣어 커피메이커에 세팅한다.

미나코는 비록 홀로 작업하고 있긴 하지만 엄연한 직원이다. 너무 비현실적이어서 실감이 나지 않는 공간이지만 나름의 존재감을 만들어 갈 수 있으리라고 생각했다.

어떤 OS를 사용하는지 모르겠지만 낡아빠진 컴퓨터가 느릿느릿 기동하기 시작하고, 익숙지 않지만 왠지 모르게 미소 짓게 만드는 소리가 울려 퍼진다. 커피가 다 내려지고, 에어컨 바람으로 방 안 공기의 흐름이 원활해질 무렵 몽롱했던 정신도 맑아져 왔다. 미나코는 컴퓨터를 잘 다루는 편은 아니지만 오래된 사양이라는 것쯤은 안다. 필시 장점이 있을 거라고, 이 컴퓨터가 아니면 안 되는 뭔가 중요한 이유가 있을지 모른다고, 그렇기 때문에 쉽사리 바꾸지 못하는 거라고 생각했다.

미나코의 예감은 적중해 컴퓨터는 자주 말썽을 일으켰다. 갑자기 가동을 멈춰버리기 일쑤였다. 그럴 때마다 기껏해야 전원을 *끄고* 재가동시키거나 엔터키를 마구 두들기는 정도. 결국은 해결하지 못하고 근처 수리점에 맡겨야 하는 경우가 허다했다. 그럴 때면 '우리 동네 작은 전기상'이라는 문구와 뭔지 모를 로고가 새겨진 얇은 점퍼를 입은 남자를 부른다. 남자는 컴퓨터 상태를 파악하고 조금 전 고장났던 그 컴퓨터가 맞나 싶을 정도로 간단하게 해결한다. 그러고 보니 남자도 홀로 일한 지 꽤 오래된 모양으로 잘은 모르지만 아마도 간베 주임과 남자 사이에 모종의 계약이 있었던 모양이다. 인터넷 쇼핑이 보편화되면서 대로변에 자리한 대형 전자제품 매장도 자고 일어나면 폐점하는 경우가 허다한 세상이니 소규모 전기상은 이렇게라도 해야 망하지 않고 살아남을 수 있을 것이다.

남자 역시도 고독한 존재라 간베 주임이 거래 제안을 한 걸까, 잠시 이런저런 생각에 잠겨 있는 사이 어느새 커피도 다 내려지고 컴퓨터 세팅도 완료되었다. 방금 내린 커피를 한 모금 하고는 머그잔에 실리콘 뚜껑을 덮어둔다. 책상 모서리를 잡고 의자를 당겨 상체를 모니터 앞으로 향한 후 책상 위의 헤드셋을 쓴다. 모니터에 표시된 문자열을 확인하면서 미나코는 패스워드를 입력한다. 메모를 볼 필요도 없이 스물한 개의 대문자와 소문자가 혼합된 영자 키보드를 익숙하게 두드린다.

바탕화면에 깔린 아이콘 하나 없이 깨끗한 모니터 속 팝업창에 뜬 문자를 확인한다. 사람 이름이다. 간베 주임이 사전에 알려 주지 않았다면 언뜻 봐서는 이름이라고 생각하지 못했을 것이다.

'반다ヴァンダ'

어느 지역에서는 아주 흔한 남자 이름일지 모른다. 아니면 여기서만 사용하는 닉네임일지도. 아무튼 그런 이름으로 불리는 사람이 모니터에 표시되고 미나코가 몇 가지 사항을 입력하고 나면 화면이 바뀌면서 선명하지 않은 영상이 뜬다.

반다를 비추는 영상은 늘 살풍경한 회색 배경이다. 화면 한가운데 얼굴의 반이 짧은 수염으로 뒤덮인 코카소이드계 남자 얼굴이 나타난다. 입고 있는 옷도 흰색이라 전체적으로 모놀로그 영상에 가깝다. 맑고 깊은 푸른빛 눈동자만 빼고. 반다가 미나코를 정면으로 응시하지 않고 살짝 아래로 시선을 피하는 것처럼 보이는 건 그를 비추는 카메라 렌즈와 미나코의 화면이 비스듬하게 엇갈려 있기 때문이다. 오늘은 입 모양과 목소리가 살짝 엇나가는 것을 제외하면 소리 상태가 꽤 괜찮은 편이다. 둘의 말이 엉키지 않도록 불필요한 맞장구도 줄여야 한다. 헤드셋을 통해 저음의 목소리가 들려온다.

"안녕하세요."

반다는 언제나처럼 자연스러운 일본어로 인사를 건 넨다. 미나코는 헤드셋에 붙어 있는 알사탕 크기의 마이 크를 통해 간단한 인사를 건네며 볼륨을 체크한다. 터져 나오려는 기침을 두 번 정도 목 안으로 집어삼킨 후 퀴 즈의 시작을 알린다. 화면 속 반다가 얼굴에 미소를 띠며 자세를 바로잡는다.

"문제"

미나코는 상대방 화면에는 보이지 않고 자신의 화면 에만 제시된 문장을 읽는다.

"리틀보이, 살찐 남자, 그리고 이완은?"

"황제"

라는 반다의 대답에 미나코는 소리 없이 표정으로만 웃 어 보이며,

"정답"

이라는 글자를 반다의 계정에 입력한다.

미나코의 업무는 다름 아닌 지구 건너편에 사는 이 들에게 퀴즈를 내는 일이다. 미나코와 일대일 형태로 진 행되며 하루에 여러 명이 참여한다. 통신 상태에 따라 매 번 목소리가 다르게 들리는 탓에 이름이 표시되지 않으 면 동일 인물인지 모를 때도 많다. 이름은 아마도 본명 이 아닐 확률이 높으며, 영상이나 음성이 불안정한 날이 면 상대방의 얼굴은커녕 성별도 구별하기 어렵다. 자주

접속하는 사람이라면 몰라도 한두 번 등장해서는 알아보지 못하는 경우가 허다하다. 반다는 미나코가 이름을 외운 사람 중 하나다. 이렇다 보니 이 일의 적임자는 목소리 좋은 사람보다는 정확한 발음을 가진 사람이다. 시끌벅적한 소음 속에서도 전철 안내 방송이 귀에 쏙쏙 들어오는 것처럼 미나코 역시 소음에 최적화된 목소리를 갖췄다.

미나코는 한 사람당 대략 스물다섯 개의 퀴즈를 출제한다. 다양한 장르에 걸쳐 있으며 특별한 규칙 같은 건 없다. 문제는 아주 짧다. 아마도 문화의 차이로 인해 발생할 수 있는 불필요한 오해를 없애고 소음을 최소화하기 위한 나름의 전략이 아닐까 생각된다. 처음 들으면 무슨 선문답 같이 느껴진다. 모든 퀴즈는 두서너 개의 단어로 이루어져 있다. 예를 들면 '리틀보이', '살찐 남자'라는 단어에서 옛 소련이 만든 수소 폭탄 '차르 봄바'의 개발 당시의 이름인 '이완'을 연상하는 식이다. '황제 폭탄'이라는 의미의 '차르 봄바'는 미국과 소련의 냉전시대에 무지막지한 공포감을 조성했던 인류 최악의 수소 폭탄으로 기억되고 있다.

"오늘은 갑자기 일정을 바꾸셨네요."

미나코가 상대방이 혹시라도 기분 나빠하진 않을까 기색을 살피며 조심스럽게 묻자,

"갑자기 항행궤도가 변경되는 바람에 지금 시간대가 아니면 통신이 원활하지 않을 것 같아 오늘은 포기하려던 참이었어요. 그런데 이렇게 연결되어 기쁘긴 한데, 저 때문에 일부러 나오신 거라면 죄송합니다."

라는 대답이 돌아왔다. 조금 전보다 목소리가 잘 들리지 않는 건 잡음이 심해진 탓이다. 반다는 언제나 알아듣기 쉬운 일본어로 말한다.

"아니에요. 전혀 미안해하실 필요 없어요. 오늘 마침 이 근처에 약속이 있기도 하고⋯⋯."

라는 말이 채 끝나기 전에 반다가 뜻밖의 질문을 해왔다.

"그 민속학자라는 친구 말씀인가요?"

아마도 얼마 전 나누었던 자료관 이야기를 기억하고 있었던 모양이다. 이 일을 까맣게 잊고 있던 미나코는 깜짝 놀라며,

"네, 맞아요. 엄청난 양의 자료 정리를 돕고 있어요."

며칠 전 반다와 일본어로 잡담을 나누던 중,

"저는 네이티브 일본인이에요."

라고 미나코가 말하자,

"혹시 아이누인인가요?"

라고 물어온 적도 있다. 퀴즈 참가자들은 하나같이 박식하다. 반다는 그중에서도 특히 지식이 풍부하고 일본어도 유창했다. 처음 퀴즈를 시작할 때 보내온 영상과 일본

어 발음은 나무랄 데 없이 훌륭했고 지금도 그가 일본 문화 밖에서 성장했다고 믿어지지 않을 정도로 자연스러운 일본어를 구사한다.

미나코는 반다와의 짧은 잡담을 끝내고 잠시 휴식에 들어갔다. 헤드셋을 벗은 후 자리에서 일어나 가벼운 스트레칭을 했다. 다음 퀴즈까지 삼십 분 정도 남았다.

통신이 원활하지 않을 수도 있으니 시간을 여유롭게 두는 편이다. 퀴즈가 끝나면 대개 시간이 남는다. 이 시간을 이용해 미나코는 퀴즈 참가자와 잡담을 나누기도 한다. 미나코와 일본어로 대화하기를 원하는 사람들이 많다. 미나코도 처음엔 경계심을 가졌으나 점차 편하게 자신의 이야기를 꺼내게 되었다.

퀴즈 참가자들 대부분이 일본어로 가벼운 대화 정도는 가능했다. 잡담 없이 답만 간단히 소통했을 때는 참가자들이 자동번역기를 사용하는 줄 알았다. 그런데 편하게 이런저런 이야기를 나누게 되면서 그들이 일본어를 자유롭게 구사한다는 사실을 알게 되었다. 각자 자기만의 방식으로 일본어를 습득한 모양으로, 인터넷으로 독학했거나 더러는 친구에게 배웠다고 했다. 문득 어떤 연유로 이런 일본어 퀴즈를 기획하게 되었는지 궁금해졌다. 간베 주임도 그런 이야기는 해준 적이 없다. 일본은 더 이상 세계 유수의 경제대국도 아니고, 미국과 소련이 팽팽한 긴장관계에 있는 것도 아니고, 이 섬에 주둔해 있는 미군기지가 예전만큼 세계열강의 주목을 받고 있지도 않다. 그렇다. 일본어도 자연스럽게 세상 사람들의 관심에서 멀어져 갔다.

미나코는 처음엔 퀴즈 참가자들과 꼭 필요한 말만 주고받았다. 이 일이 조금 특별하다고 생각했기 때문에 신중하게 행동한 것인데, 지금은 그들과 자유롭게 어떤 대화든 나누는 사이가 되었다. 모두 고독함에 빠져있는 듯 미나코가 물어보지도 않았는데 먼저 신변잡기식 시시콜콜한 이야기를 꺼내놨다. 그들이 모두 사실만을 이야기한다고 믿진 않는다. 그렇다고 미나코에게 들려주는 시시콜콜한 이야기가 터무니없는 허구도 아닐 터다. 소소한 일상 이야기라든가 감정 같은 것은 다소의 각색은 있을지언정 처음부터 끝까지 거짓말로 얼버무려질 수 있는 것이 아니기 때문이다. 그들이 전해주는 시시콜콜한 언어의 단편을 이어가며 미나코는 마음껏 상상의 나래를 폈다. 혹시 망망대해나 아주 높은 산 위에서 무언가를 관측하는 사람일까? 아니면 등대지기? 어쨌든 미나코는 이 일이 무척이나 흥미롭다. 그들의 이야기에 떠도는 고독함은 미나코 자신의 일상에 떠도는 고독함 그것과 매우 닮아 있었다. 그들과 대화할 때면 언제든 만나고 싶을 때 만날 수 있는 가까운 친구와 고민을 나누는 것 같은 기분이 들곤 했다.

다시 모니터로 향한다.

다음 퀴즈 참가자로 폴라ポーラ라는 이름이 뜬다. 화면이 바뀌면서 반다의 배경과 비슷한데 조금 깨끗하고 비좁아 보이는 장소가 떴다. 침대열차 개인 칸이거나 시내 번화가에 자리한 캡슐형 호텔이 아닐까 미나코는 상상력을 동원해 본다. 가본 적은 없지만 텔레비전 어느 프로그램인가에서 본 것 같다. 폴라는 커다란 눈을 졸린 듯 반쯤만 뜨고 있을 때가 많다. 어딘지 모르게 동유럽 분위기가 풍긴다. 화장기 없는 얼굴에 정돈되지 않은 풍성한 머리칼을 앞가르마를 타서 아래로 늘어뜨리고 있다. 복장은 헐렁한 환자복 패션이다. 그런 폴라의 모습은 왠지 국제거리国際通り*에서 한 번쯤 만났을 법한, 전쟁반대를 소리 높여 외치는 히피풍의 미국인을 닮은 것 같다.

오키나와에서 생활하는 미나코는 기지문제를 말하고 평화를 소리높여 주장하는 이들의 모습을 볼 때마다 그들의 부모 세대에게서 물려받은 베트남전쟁의 주술에 걸려 꼼짝하지 못하는 아름다운 망령 같다는 생각을 하곤 했다.

몇 마디 형식적인 인사를 나눈 후,

"문제"

---

* 　오키나와 나하시에 자리한 번화가·관광지.

라고 말하자, 폴라는 긴장된 미소로 응답하며 흐트러진 자세를 바로잡는다.

폴라는 어떤 표정을 지어도 아름답다. 약간 창백해 보이는 피부는 타고난 것일까 햇빛을 보지 못해서일까. 미나코는 그녀가 사는 곳이 어디인지 물어보진 않았지만, 폴라라는 이름에서 풍기는 이미지나 대화 속에서 남극이나 북극 부근이 아닐까 추측했다.

"가모가와鴨川, 파도, 조형造形의 영향은, 누구에게?"

시간이 지체되고 있다. 폴라가 답을 생각해내는 데 시간이 걸리는 듯했다. 아니면 잘 알아듣지 못한 것일 수도. 이쪽에서 말을 걸면 소리가 엉킬까 염려되어 미나코는 묵묵히 폴라의 답을 기다린다. 이런 침묵은 종종 발생한다. 일본어가 모어가 아니거나 일본 문화에 정통하지 못하면 풀기 어려운 문제일 경우 그렇다. 반다라면 가뿐히 풀었을 텐데. 시간제한은 없지만 인터넷 상태가 불안정해져서 도중에 끊겨버릴까 봐 미나코는 애가 탔다. 폴라가 머뭇머뭇 자신 없는 목소리로 대답을 한다.

"······ 호쿠사이北斎?"

"정답!"

미나코가 기쁜 듯 외치자, 폴라는 그제야 고개를 들어 쑥스러운 듯 이마를 쓸어올리며 웃어 보였다.

지바현 가모가와에 이하치伊八라는 명공이 있었는데,

파도를 조각하는 솜씨가 뛰어나 가쓰시카 호쿠사이^{葛飾北}의 〈가나가와 앞바다의 세찬 파도 아래서^{神奈川沖浪裏}〉라는 작품에 영향을 미쳤다고 한다. 미나코도 화면에 표시된 정답이 없었다면 맞추지 못했을 것이다.

퀴즈라는 것은 미나코가 생각했던 것보다 훨씬 더 재미있는 놀이였다. 그들의 풍부한 지식은 그냥 만들어진 것이 아니라 다양한 경험에서 우러나온 것임을 발견해가는 즐거움이 있었다. 그리고 그들의 경험은 지금까지 미나코가 경험해온 것 위에 차곡차곡 쌓여갔다.

퀴즈가 끝나면 지금까지 오갔던 정보들을 폐기하는 것까지가 미나코에게 주어진 일이다.

"퀴즈 아세요?"

간베 주임이 면접을 시작하면서 던진 질문은 미나코가 면접 준비를 하면서 예상한 질문 안에 들어있지 않았다. 다소 뜬금없는 질문에 미나코는,

"텔레비전에서 하는 고고생 퀴즈 같은 거 말씀인가요?"

라고 전혀 준비되지 않은 가벼운 대답을 하고 말았다. 그렇게밖에 답하지 못한 자신을 원망하면서 시간을 되돌리고 싶다는 생각을 했다. 미나코는 말주변이 없어서 이런

---

* 가쓰시카 호쿠사이(1760~1849)는 에도시대의 우키요에(浮世繪, 목판화 기법으로 제작한 옛 일본 회화) 화가. 그의 판화 〈도카이도 호도가야(東海道程ヶ谷)〉는 유럽 인상파 화가인 클로드 모네의 작품 〈포플러 나무(Poplars)〉에도 영향을 미쳤다고 한다.

식으로 자신이 내뱉은 말을 주워 담고 싶은 순간이 종종 있다. 그런데도 간베 주임은,

"그래요. 그런 거. 그런 거."

라며 기쁜 듯 응수해 주었다. 그리고는,

"라디오나 텔레비전이 대중화되면서부터 퀴즈 프로그램이 큰 인기를 끌었다고 해요. 방송 초창기에는 일반 대중을 상대로 퀴즈를 모집했다고 하더군요. 그걸 유명인들이 풀고. ……얼마 전 종영한 〈밀리언에어〉라는 방송 본 적 있으세요?"

"이름은 들어봤어요. 방송을 제대로 보진 못했지만 대략 어떤 내용인지는……."

미나코는 언젠가 한 번 스쳐지나듯 보았던 〈밀리언에어〉라는 프로그램 분위기가 뜨문뜨문 떠올랐다. 파란색 조명의 세련되고 깨끗한 스튜디오. 은은한 조명의 작은 홀. 야간 응급실 같은 분위기. 퀴즈를 내는 사람과 퀴즈를 푸는 사람. 이 둘은 서로 마주 보고 카운터 스툴에 앉아 있다. 그리고 사회자로 보이는 사람과 어두컴컴한 관객석을 메운 사람들. 미나코는 평소 텔레비전을 즐겨 보는 편이 아니라 정확하진 않으나 분위기상 사회자는 인기 연예인인 듯했다. 상금이 걸려 있었던 것 같기도 하고 아니었던 것 같기도 하고.

"시간에 쫓기지 않아도 됩니다. 일대일 퀴즈죠. 그러니까 경쟁하는 것이 아니라 대화도 하고 마음을 나누는 겁니다."

간베 주임은 업무에 대한 설명이라면서 줄곧 퀴즈 이야기만 하고 있다. 미나코는 자신이 담당하게 될 업무와 퀴즈가 대체 무슨 상관이 있다는 건지 도무지 이해가 가지 않았는데 얼마 후 드디어 미나코가 해야 할 일에 대한 설명이 나오기 시작했다.

"이런 일을 하게 될 겁니다."

라며, 가방 안에서 파일 하나를 꺼내더니 프린트 여러 장을 테이블 위에 늘어놓았다. 글자가 **빽빽**하게 들어찬 매뉴얼 같은 것을 미나코 앞에 내밀고는 형광펜으로 줄을 그어 가며 능숙하게 설명하기 시작했다. 그 모습은 감탄을 자아낼 정도로 프로페셔널했다. 막힘없이 업무에 대한 설명을 이어간다.

한마디로 말하면 멀리 떨어진 곳에 사는 익명의 사람들에게 일대일로 퀴즈를 출제하는 일이라는 것. 이 일의 정식 명칭은 '고독한 업무 종사자를 위한 마음 케어와 지성의 공유'라고 한다. 문독자問読者라고 줄여 부르기도 한다고. 개인보다 단체로 의뢰하는 경우가 많으며, 서비스의 목적은 명칭 그대로 의뢰인의 고독한 마음을 어루만져주고 지성을 나누는 일.

면접을 사칭한 사기가 아닐까? 누군가 장난치는 게 아닐까? 미나코는 이 기묘한 업무에 대한 설명을 들으며 면접 내내 경계심을 늦출 수 없었다. 미나코가 면접까지 오게 된 건 한 구직 사이트에 자신의 개인 정보를 입력해 놓았기 때문이다. 개인이 직접 등록하는 방식인 이 구직 사이트는 전국 규모의 대기업이 운영하는 것이라 어느 정도 신뢰할 수 있겠지만 잘 생각해 보면 하루에 올라오는 양만 해도 어마어마할 텐데 그걸 하나하나 검증하는 건 아마 불가능에 가까울 것이다.

미나코의 업무는 한마디로 말하면 나하에 있는 스튜디오에 홀로 출근해 컴퓨터 앞에 앉아 퀴즈를 내는 일이다. 간베 주임은 컴퓨터 패스워드를 알려주고, 해야 할 일, 해서는 안 될 일, 앞으로 이렇게 해주면 좋겠다는 조언 등을 들려주었다. 매뉴얼 항목 하나하나에 형광펜으로 밑줄까지 그어 가며 열심히 설명하는 것을 미나코는 집중하며 듣고 있었다.

이번에 새로 문을 열게 될 스튜디오에는 한 명만 채용할 거라고 했다. 이런 규모의 스튜디오가 전국에 몇 곳이 더 있고 해외에도 직원을 두고 있는 모양이다. 업무상 지켜야 할 사안이 엄격한 편은 아니며 이용자 수도 그리 많지 않다고 했다. 운영자금도 투명하다고.

"이 서비스는 일본 말고도 다양하게 있어요. 노파심에 말씀드리면 일본은 규모도 작고 범죄에 악용될 소지도 전혀 없으니 안심하셔도 됩니다. 이건 어디까지나 놀이에요 놀이. 수수께끼 놀이."

라며 간베 주임이 사람 좋은 미소를 지어 보인다.

"퀴즈 하나하나에 대한 답은 바로 그 사람의 인생이라고 생각해요. 자문자답하고는 다르죠. 한 번도 만나 본 적 없는 지구 어느 편엔가 살고 있을 사람에게서 퀴즈 문제를 받아들고 정답을 찾아 이리저리 고민하고 생각을 하는 겁니다. 정답은 대부분 자신이 경험한 범위 안에서 찾아지곤 합니다. 머릿속 한 편에 구겨 넣어진, 불필요한 경험으로 치부되었던 것일수록 빛을 발하게 되죠."

퀴즈는 웹카메라를 통해 진행된다. 모니터로 상대방의 모습을 확인할 수는 있지만 그들의 반응까지 예측하는 건 무리다. 예전에 전화로 응대하는 일을 해 본 적이 있는 미나코는 상대가 작심하고 시비를 걸어오면 당해낼 도리가 없다는 것을 잘 알고 있었다. 그런 사람들과도 퀴즈 문답이 가능할까? 간베 주임의 설명을 들을수록 이 일에 대한 의심을 거둘 수 없었다.

미나코는 불안했지만 일단 간베 주임을 신뢰하기로 했다. 듣도 보도 못한 이상한 일을 이토록 구체적이고 자상하게 설명해 주는 사람이라면 말이다. 무엇보다 그는 말 한마디 한마디가 성실했다.

"이 일이 이상해 보인다는 건 나도 잘 알고 있어요."
라고 말하는 간베 주임의 목소리에 묘하게 힘이 들어가 있다.

"오늘 업무에 대한 설명을 들었다고 해서 이 일을 꼭 수락하실 필요는 없어요. 수락하셨더라도 나중에 마음이 바뀌면 언제든 연락 주세요. 혼자 하는 일이라 사람 구하는 게 쉽진 않겠지만, 사직이 어렵거나 하진 않습니다. 휴가 신청도 자유롭게 할 수 있어요. 근무 환경은 괜찮은 편이라는 걸 말씀드리는 겁니다. 복장도 특별한 규정은 없어요. 아무래도 사람을 상대하는 일이기 때문에 매뉴얼 상에는 특정 사상을 연상시키는 복장은 피하라고 되어있긴 하지만 조금 튀는 복장도 상관없으니 편하게 입으시면 됩니다."

그리고 이어서,

"물론 안경 착용도 스니커 차림도 가능합니다."

온화한 미소로 간베 주임이 말한다. 그의 말투는 물 흐르듯 자연스러웠다. 어찌 보면 떠오르는 대로 아무 말이나 던지는 것 같기도 했다.

시력이 좋은 편이라 안경을 쓰지 않는다는 미나코의 말에 간베 주임은 요즘 같은 시대에 시력 좋은 건 큰 자산이라며 기분 좋은 목소리로 응수한다. 그러고 보니 간베 주임의 안경은 주인을 닮아 묵직한 게 꽤나 진중해 보인다.

공격이 난무하는 세상과 거리를 두듯 한마디 한마디 신중하게 말하는 간베 주임의 말투에서 미나코는 뭔지 모를 안도감을 느꼈다.

면접이 끝나고 미나코가 자신이 마신 레몬차를 계산하려고 하자,

"저기. 잠깐만요. 면접 오신 거니까 제가 계산하겠습니다."

라며 간베 주임이 막아섰다. 카페에서 면접을 본 건 처음이라 얻어 마셔도 되는 건지 모르겠다며 인사를 차리는 미나코에게 간베 주임은 예의 그 사람 좋은 미소로 괜찮다고 응답해 주었다.

미나코는 면접을 마치고 돌아가는 길에 간베 주임으로부터 채용하기로 결정했다는 전화를 받았다. 업무 시작일과 사무실 주소만 알려주고 전화를 끊었다. 얼마 후, 사무실 열쇠와 간단한 업무 매뉴얼, 간베 주임의 연락처, 계약서, 그리고 반송용 봉투가 든 우편물이 배달되어 왔다. 막상 우편물을 받아들고 보니 후회가 밀려들었다. 이걸 되돌려 보내야 하나 어쩌나 고민하다 미나코는 결국 계약서에 사인을 하고 말았다.

업무를 시작하고 얼마간은 간베 주임에게 전화로 시시콜콜한 질문을 하곤 했는데 보름 정도 지난 지금은 완전히 적응되었다. 처음부터 미나코를 위한 일이 아니었나 싶을 만큼 적성에 맞았다. 선임이나 동기, 후배가 없는 터라 무언가를 부탁할 일도 부탁받을 일도 없었다. 모니터에 제시된 퀴즈를 읽어주는 것이 다였다. 일에 익숙해지면서 퀴즈 참가자들과 잡담도 주고받게 되었다.

　둘만의 통신. 퀴즈를 내고 정답을 맞히고 잠시 잡담을 나눈 후 남아 있던 두 잔째 커피를 비운다. 미나코는 커피메이커를 헹궈 놓고 컴퓨터 전원과 에어컨, 형광등 스위치를 끈 후 사무실을 나섰다.

　미나코의 업무는 언뜻 보기에 사무직이나 전화 교환원처럼 보인다. 간베 주임도 세계 어디에서나 볼 수 있는 일인 것처럼 말했었다. 확인할 길은 없지만 그런 것 같기도 하다. 하지만 세상에 존재하는 수없이 많은 직업 가운데 법에 저촉되진 않아도 뭔가 수상쩍은 것도 있는 법. 예컨대 탐정이나 편지 대필업자, 사람들의 눈을 아슬아슬하게 속여 가며 과도한 감상으로 채우는 리뷰어, 엠버밍*처럼 말이다. 지금 미나코의 일도 그런 수상쩍은 직종 중 하나일지 모른다.

　'썬라이즈 헬스 사이언스 시스템' 옆쪽으로 난 계단을 내려와 빌딩을 벗어나자 석양에 물든 기분 좋은 바람이 불고 있었다. 미나코는 모노레일 역 부근에 있는 슈퍼마켓에 들러 손질된 슬라이스 채소와 캔으로 된 토마토 페이스트, 진공 포장된 베이컨 등을 구입해 집으로 가는

---

*　시체의 간단한 분장에서부터 방부 처리, 사고로 훼손된 시신을 복원 처리하는 일.

버스에 올라탔다.

미나코의 집은 우라소에시浦添市 미나토가와港川에서 나하 쪽으로 한참을 더 간 곳에 있는 마치나토牧港라는 마을이다. 마치나토는 이름대로 예전에는 항구였다. 중국에서 무역선이 들어올 정도로 규모가 큰 섬의 관문이었지만, 근대에 들어서면서 대형 선박이 늘어나 항구를 다른 곳으로 이전하고 이곳은 다시 매립되었다. 지금은 항구였던 흔적을 거의 찾아볼 수 없다. 마치나토라는 말은 기다린다는 의미의 '마치待ち'와 항구라는 뜻의 '미나토港'가 합쳐진 것으로 어원은 데라부 가마テラブガマ라는 자연동굴에서 유래했다고 한다. 데라부 가마는 오키나와 지역 몇몇 곳에 남아 있는 신에게 기도를 올리는 우타키御獄* 중 하나다. 이 섬의 자연동굴가마은 예외 없이 전시 방공호로 이용되었다. 태평양전쟁 말기에 이르면 그곳에서 크고 작은 집단자결**이 벌어졌었다.

---

* 오키나와 각지에 신을 모시고 제사를 지내는 성스러운 공간, 즉 성역(聖域)이 존재하는데 이를 '우타키'라 부른다.

** 오키나와전투 당시 도카시키섬(渡嘉敷島), 자마미섬(座間味島), 게라마섬(慶良間島) 등지에서 발생한 오키나와 주민들의 '강제 집단사'를 말한다. 일본군의 강제에 의한 무고한 민간인들의 희생임에도 불구하고 역사수정주의자들은 여전히 '군의 명령에 의한 강요된 선택'이라는 점을 철저히 부정하고 있다.

***

　미나코는 집에 도착하자마자 우편함부터 확인했다. 기다리던 물건 대신 바빠서 겨를이 없었던지 아무렇게나 구겨 넣은 부재중 통지서만 한 장 달랑 들어있다. 미나코의 집은 아버지가 물려주신 오래된 단독주택이다. 작은 평수지만 혼자 살기엔 넓다. 유서 깊은 고택도 아니어서 팔아 버리고 편리한 아파트로 옮길까도 생각했지만 주변 인프라도 괜찮고 무엇보다 요리 씨의 자료관이 가까워 그대로 머물고 있다. 아니 그보다는 불필요한 일에 신경 쓸 여력이 없었다고 말하는 게 맞을 것이다. 집을 팔고 이사를 하거나 면허를 따거나 하는 일상의 편리를 도모하기보다 하루하루의 루틴을 반복하는 것으로 피로도를 최소화하고 싶은 마음이 컸다.

　편한 실내복으로 갈아입은 후, 부재중 통지서에 남겨진 번호로 전화를 건다. 아무렇게나 휘갈겨 쓴 필체는 알아보기를 거부하는 듯한 느낌마저 들었다. 맞는지 확신할 수 없는 숫자를 몇 개 누르자 다행히 번호가 자동으로 떴다. 발신 이력이 저장된 것으로 보아 이 지역 전담 배달원인 모양이다.

　미나코는 손질된 야채믹스와 베이컨을 반씩 넣고 캔에 담긴 토마토 페이스트를 냄비에 전부 들이부었다. 그리고 냉장고에서 빵을 꺼내 단단하게 언 버터를 바르고 토스트기에 넣는다. 이제 끓이기만 하면 스프가 완성된다. 한 번에 데우기만 하면 되는 제품도 많은데 굳이 이것저것 담아와 수고로움을 더한다. 비용적인 면에서도 별반 차이 없어 보이는데 말이다. 보글보글 끓어오르는 스프 거품을 바라보며 미나코는 생각에 잠겼다.

창문을 열어 집안 공기를 환기시키고 빨래를 걷어 정리한 후 저녁식사까지 마치고 나니 기다리던 택배가 도착했다. 배달된 물건은 여느 때처럼 값싼 골판지로 만든 가벼운 상자에 담겨 있었다. 상자 크기도 일정하다. 늘 같은 규격, 같은 재질의 상자가 배달되어 온다는 것을 배달원은 눈치채지 못하는 걸까? 배달원은 이 사소하지만 반복되는 루틴을 미나코와 공유하며 눈인사라도 나눌 법한데 언제나처럼 무표정한 얼굴로 수취확인서만 받아들고는 황급히 돌아선다.

미나코가 택배 상자를 열자 골판지 상자 밑바닥에 비닐시트로 압착된 마이크로 SD카드 패키지 여섯 장이 들어 있었다. 늘 그랬듯 미나코는 가위 대신 손을 사용해 포장 하나하나를 벗겨 거실 테이블 위에 늘어놓는다. 손톱 크기만 한 작은 플라스틱 조각을 저렇게나 큰 상자에 보내오다니. 상자 표면이 습기로 축축했다. 조금 전 배달원의 심기가 평소보다 불편해 보였던 건 곧 다가올 태풍

탓이었을까. 이런저런 쓸데없는 생각이 꼬리를 물었다. 그냥 흘려버려도 될 일을 말이다.

싱크대 서랍에서 철제 상자 두 개를 꺼내 거실 테이블 위에 나란히 올려놓는다. 하나는 단행본 사이즈 정도, 황색 바탕에 구운 과자라는 글자가 선명하다. 그 옆으로 지역명과 함께 명과名菓라는 표기가 보인다. 기억이 나지 않지만 누군가에게 선물로 받았던 모양이다. 다른 하나는 포장 상태로 보건대 일본 쌀과자가 담겨 있었던 듯하다.

우선 황색 상자 뚜껑을 열었다. 안에는 마이크로 SD 카드가 여러 장 들어있었는데, 그 가운데 하나를 꺼내 오늘 택배로 받은 여섯 장을 상자에 넣어둔다. 조심스럽게 뚜껑을 닫은 후 나머지 상자도 열었다. 조금 전 꺼냈던 것과 같은 모양의 마이크로 SD카드가 상자의 반을 차지하고 있었다. 수십 장은 되어 보였다. 미나코는 테이블 위에 올려놓았던 한 장을 스마트폰에 들어있던 것과 바꿔 끼웠다. 그리고 방금 스마트폰에서 꺼낸 마이크로 SD 카드를 리더기에 넣고 노트북에 연결한다. 스마트폰으로 찍은 몇 장의 사진이 슬라이드쇼로 지나간다. 무늬가 있는 오래된 천 조각, 찢어진 일기장 한 페이지, 신문 한 귀퉁이에 메모된 각서, 통조림 상표, 공공 게시판에 내걸렸던 안내문, 깨진 유리잔, 마모된 둥근 돌. 모두 하나하나 발품 팔아 모은 것이고 사람들의 이야기를 청취해 글로

풀어낸 것들이다. 이 모든 정보는 자료관에 보관되어 있다. 미나코는 대충 훑어본 후 SD카드를 꺼내 다시 상자 안에 넣어둔다. 상자 안 내용물들은 하나같이 똑같은 모양이어서 만약 흔들려서 뒤섞여버리기라도 하면 여간 낭패가 아니다. 상자를 포개어 서랍 안에 넣는다. 미나코는 마치 의식이라도 치르듯 매번 정해진 순서대로 이 일을 반복한다.

***

간베 주임은 면접에서 '다른 사람의 시선에 안 좋게 비춰질지 모르는 곳'이라는 표현을 썼었다. 미나코는 그 '다른 사람의 시선에 안 좋게 비춰질지 모르는 곳'으로 매일 정해진 시간에 출근하고, 생활에 필요한 최소한의 가사노동을 하고, 가끔 책을 읽고, 슈퍼나 인터넷에서 필요한 물품을 구입한다. 그리고 남은 시간 대부분을 또 다른 '다른 사람의 시선에 안 좋게 비춰질지 모르는 곳'인 자료관에서 보내고 있다. 자료관 일은 끝도 없이 이어진다. 인덱스 정리를 마치면 다음 일이 기다린다. 기준을 정해 정리를 마친 것을 이번엔 다른 기준을 세워 다시 정리한다. 여러 요소를 풀어헤치고 잇기를 반복하다 보면 서로 관련 없어 보이던 것들이 유기적으로 연결되기도 한다.

자료관에는 오키나와 주민들이 제공한 모든 정보가 보존되어 있다. 그 가운데는 진위가 확실치 않은 것도 포함되어 있다. 기억을 듣고 쓰는 일, 증언이나 주장도 시대에 따라 바뀔 수 있다. 세월이 흐르면서 변화하고 그 기억의 신뢰도 또한 불안정하기만 하다. 이들 자료가 과연 진실을 담보한 기록인 건지, 어디선가 바뀐 건 아닌지, 그것도 아니면 애초부터 가짜인 건지 머리를 싸매고 파헤치는 것은 연구자들의 몫이다. 요리 씨나 미나코는 그저 자료를 수집하는 일에만 열중하면 된다고 생각했다.

　　미나코는 자료를 확인하고 매만지면서 작업한 날짜를 기록한다. 이 자료가 틀림없이 이곳에 보관되어 있었다는 증거를 남겨놓는 것이다. 미나코는 데이터에 해제를 붙일만한 전공 지식이 있는 연구자는 아니지만, 문화뿐만 아니라 강이나 산, 해안선 등도 변화해 간다는 것 정도는 알고 있다. 이러한 변화가 보이면 기록에 덧붙여둔다. 정보의 양이 늘어가는 것은 아무런 문제가 되지 않는다. 그것이 필요한 정보인지 아닌지 판단하는 것은 전적으로 연구자의 몫이기 때문이다.

　　인덱스 작업과 함께 자료가 훼손되지 않도록 세심히 신경 써야 한다. 그런데 아무리 신경을 쓴다고 해도 시간의 흐름과 함께 자연히 자료도 낡아갔다. '현재'의 자료도 그것을 인지하는 순간 이미 그 현재는 현재가 아닌 것처럼 자료관에 보존된 물질, 종이나 천, 종이에 기록된 문자 위로 무한한 '현재'가 통과하고 있는 것이다.

미나코는 늘 그래왔듯 자료를 하나하나 스마트폰으로 찍어 보존한다. 변변한 기자재도 없고 촬영 기술이랄 것도 없다. 훗날 이것이 정말 도움이 될지 어떨지 모르겠지만 이대로 사라져버리는 것보다는 훨씬 나으리라는 믿음이 있었기 때문이다. 자료관을 가득 메운 정보들은 디지털화해서 칩 상태로 철제 상자 안에 넣어버리면 그만이다.

＊＊＊

하늘빛만으로도 태풍이 근접해 왔음을 알 수 있다. 텔레비전, 신문, 인터넷 기사 모두 태풍 두 개가 사이좋게 접근하고 있음을 알리고 있다. 이 시기가 되면 어김없이 쌍둥이 태풍이 찾아든다. 그 쌍둥이 태풍 전야는 평소와 다르게 아주 맑고 무덥거나 반대로 쌀쌀한 날씨를 보인다. 요즘은 일기예보 적중률이 높아져서 아주 큰 태풍이 아니면 가게도 평소대로 문을 열고 이어서 닥칠 태풍에 대비하기도 한다. 그런데 예전 사람들은 일기예보 없이도 첫 번째 태풍이 한바탕 휘몰아치고 지나가면 또 다른 태풍이 오리라는 것을 오랜 감각으로 알았다고 한다.

어차피 또 망가지고 부서질 테니 잔해들은 그대로 방치한 채 외출을 삼가고 집안에 머물렀다고.

　이 섬은 아주 오래전부터 크고 작은 자연재해를 겪어왔다. 태풍도 그중 하나다. 태풍이 몰아치는 날이면 외출은 고사하고 밤에는 집이 울려 쉽게 잠들지 못했다.

　저기압의 거대한 덩어리인 태풍이 불어닥치면 인간은 물이 가득 들어찬 물주머니 같은 상태가 된다. 기압에 따라 사람의 몸 상태나 정신에 변화가 생기는 것도 그 때문이다. 태풍은 강한 바람과 저기압으로 인간의 심신을 강하게 흔들어댄다. 이곳 섬사람들 몸은 일 년에 몇 번이나 태풍으로 인해 망가져야 했다. 하늘에서 폭탄이 쏟아져 내리는 것 같다고 표현하는 이도 있다. 폭탄이 떨어지는 걸 경험한 적이 없는 미나코에겐 피부로 와닿지 않지만 말이다.

　태풍은 폭탄처럼 건물이나 인간을 산산조각 내진 않지만 간판이나 나무를 쓰러뜨리는 등 갖가지 피해를 입힌다. 폭탄이 악의를 가지고 만든 사람이나 그것을 소유한 사람이 자신의 감정을 절제하지 못해 벌어지는 비극이라면, 태풍은 인정사정없이 사람의 감정을 비극으로 몰아넣는다. 태풍이 불어닥칠 때면 큰 사고나 사건도 끊이지 않아 태풍은 끔찍한 일을 몰고 오는 요물이라고 이 지역 노인들은 강하게 믿고 있다.

태풍이 거세게 휘몰아친 후 뒷정리는 늘 섬사람들의 몫이었다. 자연현상이라 어쩔 수 없다고는 하지만 매해 반복되다 보면 정신적 부담이 클 수밖에 없다. 허무감에 빠지기도 한다. 기압으로 신체와 정신을 지배당한 직후엔 더더욱 그렇다.

태풍이든 폭탄이든 엉망진창이 되어버린 마을을 이전 모습으로 되돌리려면 아주 작은 단서라도 놓쳐선 안 된다. 태풍을 겪은 사람들은 정신적 쇼크로 인해 미세한 부분까지 기억해 내지 못하는 경우가 많다. 마을에 대한 정보들이 손실되거나, 애초에 기록조차 하지 않은 경우도 있다. 이럴 때면 노스텔지어라는 보정을 거친 기억을 통해 원래의 상태와 유사하게 복원한다. 이 섬의 문화와 풍경은 그렇게 아슬아슬하게 이어져 오고 있는 것이다.

***

기바노ギバノ라는 이름의 남자는 퀴즈 참가자 중 일본어가 가장 서툴렀다. 기바노는 공들여 조각한 석상처럼 이목구비가 뚜렷한 중동 혹은 중앙 아시아계 청년이다. 그는 언제나 짧게 깎은 단정한 머리와 정돈된 눈썹, 깔끔하게 면도한 얼굴을 하고 있다. 어딘지 모르게 으스스한 화면 속 배경과는 대비되는 말끔한 외모다. 거무스름한

피부를 돋보이게 하는 구김 하나 없이 잘 다려진 블루 그
레이 정장을 즐겨 입는다. 미나코는 그가 어쩌면 고독한
벽지에서 일하는 비운의 비즈니스맨일지 모른다는 상상
을 했다.

그의 카메라가 비추고 있는 콘크리트 질감의 배경은
다른 퀴즈 참가자들의 배경과 달리 뭔가 불온한 장소라
는 느낌을 들게 했다. 미나코는 언젠가 뉴스에서 본 적이
있는 아랍 과격파로 알려진 지도자가 발견됐던 먼지투성
이의 숨은 방을 떠올렸다. 기바노는 자신의 거처를 '쉘터'
라고 불렀다. 그리고 그곳을 '전장의 한복판, 그러나 세계
에서 가장 안전한 장소'라고 표현했다. 과연 그의 말대로
그가 있는 곳은 매우 견고해 보였다.

그의 웹카메라는 늘 주변 모습이 잘 보이지 않도록
살짝 아래를 향하고 있다. 그리고 거실 바닥에는 동물 문
양이 새겨진 화려한 카펫이 깔려있는데, 아무래도 이 작
은 카펫은 온기를 주거나 안락함을 제공하는 용도는 아
닌 듯했다.

"바깥은 허허벌판, 불타버린 황야. 모든 것이 끝났지만,
이곳은 무사함."

기바노는 자신의 안전을 상품화해 쉘터를 판매하는
일을 한다고 했다. 자신의 일거수일투족이 세계로 전달
되고 있다고도 했다.

"그럼, 이 퀴즈도?" 라고 미나코가 묻자,

"아니, 당신의 세계 데뷔는 아직 일러. 아마도, 영원히, 무리."

라는 대답이 돌아왔다. 기바노가 있는 곳은 송신에는 전혀 문제가 없지만, 상호통신의 경우 제한이 있다고 했다. 일본어는 아무래도 벼락치기로 배운 것 같다.

대충대충인 일본어 회화 실력처럼 기바노는 잘 푸는 문제와 못 푸는 문제가 확연히 갈렸다. 무엇보다 지식에 대한 편중이 컸다. 몇몇 장르에선 날고 긴다는 반다에게 뒤지지 않을 만큼 해박한 지식을 자랑한다. 이처럼 퀴즈로도 그 사람의 직업이나 환경 같은 걸 알 수 있다.

기바노는 겉보기엔 말쑥한 비즈니스맨 모습을 하고 있는데 의외로 생물이나 철학 장르에 정통하다. 특히 세계 여러 나라의 동물과 인간에 얽힌 이야기라든가 사전이나 도감에도 없는 자기만의 경험에서 우러나오는 지식이 풍부하다.

미나코가 느끼기에 그가 머무는 쉘터 안은 벌레 한 마리 비집고 들어갈 틈 없이 견고해 보였다.

***

먼 곳에 있는 누군가에게 퀴즈를 읽어주는 일은 하루에 많아 봐야 두세 명 정도다. 특별한 일이 없으면 빨리 마칠 수 있으며 혼자 하는 일이라 누구의 간섭도 받지 않고 퇴근할 수 있다. 이 모든 것이 미나코에게는 매력적으로 다가왔다. 어제처럼 갑작스럽게 일정이 바뀌는 상황은 극히 드물고, 그 경우라도 시간이 안 되면 절대 무리하지 않아도 된다고 했다. 한 주에 서너 번 출근해 아주 짧은 시간만 할애하면 되기 때문에 급여는 그리 높지 않았지만 미나코가 생활하기엔 충분했다. 그야말로 모든 조건이 자신에게 딱 맞춘 듯 만족스러웠다.

퀴즈는 주로 시사나 예능 분야에서 출제되었는데, 흥미 위주의 텔레비전 퀴즈 프로그램과는 차별화된 문제들로 이루어져 있다. 그렇다고 지루하거나 하진 않다. 정답을 몰라도 해설이 붙어 있어 지식을 쌓을 수 있어 좋고, 지식에 정통한 사람들과 너무 깊지 않은 소통도 즐거웠다. 분명 퀴즈 참가자들도 이러한 소소한 감정을 주고받는 데에서 기쁨을 느낄 것이다. 미나코도 그들처럼 고독한 존재였다. 어쨌든 미나코는 이 일이 더할 나위 없이 좋았다.

태풍이 몰려오기 전에 해두어야 할 집안일이 산더미다. 휴대용 스피커 볼륨을 낮게 하고 음악을 들으며 빨래를 널고 청소를 한다. 며칠 전 퀴즈를 통해 알게 된 북유럽 일렉트릭 음악이다. 아티스트 이름은 스마트폰으로 쉽게 찾을 수 있었다. 이 일을 시작하면서 자료 촬영에만 사용하던 스마트폰 기능을 다양하게 활용하게 되었다.

미나코는 SNS에 개인적인 일기나 감상을 올리고 누군지도 모르는 이들에게 좋아요나 별풍선을 받는 것보다 퀴즈를 풀면서 좋아하는 영화나 책에 대해 이야기를 나누는 편이 훨씬 좋았다. 서로 마음을 터놓고 대화를 나눌 만한 상대가 있는 것도 아니고 SNS라는 건 사용해 본 적도 없지만 말이다.

미나코는 그렇게 새로운 용어라든가 먼 나라의 커다란 여객선 이름, 그 배가 일으킨 비극, 그 여파로 불거진 사회운동, 아직 먹어 보지 못한 음식, 인간이 붙여준 생명체의 이름, 그리고 그 이름은 생명체의 작은 몸짓 하나하나를 세심히 관찰해 붙여진 것이라는 것 등을 퀴즈를 내면서 알게 되었다.

***

정신을 차리고 보니 집 외벽을 간지럽히던 바람이 집 안까지 울리고 있었다. 이런 바람 소리에 익숙한 미나코는 태풍이 가까워지고 있음을 직감했다. 쌍둥이 태풍 가운데 첫 번째 녀석이다. 널어두었던 빨래를 집안으로 들여놓으며 요리 씨와 오래된 자료관 건물이 이번 태풍을 무사히 견뎌낼지 걱정이 앞섰다.

요리 씨는 미치 씨가 출근하는 길에 항상 태워다 주었는데, 너무 무덥거나 궂은날에는 자료관에 나오지 않을 때도 더러 있었다. 최근엔 그런 날이 점점 늘고 있다. 처음에는 요리 씨나 미치 씨가 오늘은 자료관 문을 열지 않는다고 전화로 알려주었지만, 요즘은 요리 씨의 컨디션이나 그때그때의 날씨만으로도 문을 열지 않을 것 같은 날을 미루어 짐작할 수 있게 되었다. 미나코의 예상은 대부분 적중했다.

어느 날 문득 미나코는 퀴즈들이 어떻게 만들어지는지 궁금해졌다. 미나코가 기억하는 한 같은 문제는 단 한 번도 없었던 것 같다. 분명 어딘가에 어마어마한 양의 퀴즈를 보관하는 아카이브가 존재할 것이다. 퀴즈 출제자가 따로 있는 걸까? 예전 퀴즈 프로그램에서 이것저것 가져온 걸까? 아니면 정답을 입력하면 자동으로 문제가 만들어지는 신통방통한 장치가 있는 걸지도. 그렇다면 간단한 검색엔진과 견고한 아카이브만으로도 충분할 것이다.

즐거운 상상에 잠겨 있던 사이 빗줄기가 점점 거세지고 있었다. 미나코는 집 밖에서 울려대는 여러 잡다한 소리를 듣다가 자기도 모르게 잠에 빠져들었다.

***

아침이 되니 바람이 완전히 그치고 선선하고 투명한 공기와 강한 햇살이 비추고 있었다. 맑은 날씨로 보아 집 앞 아스팔트도 다 말랐을 것이다. 강한 바람이 비와 구름 같은 습한 것들을 날려버렸다. 태풍 후 찾아오는 전형적인 맑은 날씨. 쌍둥이 태풍 사이에 낀 오늘은 유독 청명한 하늘을 하고 있었다. 큰비가 몰려오기 전에 실내 공기를 환기시켜 두어야 해서 서둘러 일 층 창문 커튼을 열어젖혔다. 그러자 미나코 앞에 믿어지지 않는 광경이 펼쳐졌다. 생명체처럼 보이는 거대한 털뭉치가 작은 마당 한구석에 웅크리고 앉아 있는 것이 아닌가. 미나코는 터져 나오려는 비명을 간신히 집어삼켰다.

미나코는 동물을 키워 본 적도 없고 좋아하지도 않았다. 어렸을 때 금붕어 같은 걸 기른 적이 있는데 먹이를 주었다든가 죽어서 슬픔에 빠졌다든가 하는 경험도 전혀 없었다. 어른이 된 지금도 산책길에서 만나는 개들이 어떤 종인지 아는 게 하나도 없을 정도다.

그런 미나코의 눈앞에 생명체가 나타난 것이다. 온통 털로 뒤덮인 몸을 둥글게 말고 웅크리고 앉아 있는 것이 흡사 털뭉치 같다. 어느 쪽이 엉덩이고 어느 쪽이 머리인지조차 구분할 수 없었다. 그런데 분명한 건 지금까지 봐왔던 개들보다 훨씬 커 보였다. 개가 아니라면 대체 어떤 동물인 걸까?

처음에는 이 큰 생명체가 살아있는지 죽었는지조차 가늠할 수 없었다. 살아있다고 확신한 것은 털뭉치가 숨을 쉬고 있는 것 마냥 가늘게 부풀었다 오므라들었다 했기 때문이었다.

미나코가 가까이 다가가도 전혀 도망치려는 기색이 없었다. 자는 걸까? 다치기라도 한 걸까? 손이 닿을 만큼 가깝게 다가가 보니 다갈색의 짧은 털을 한 몸통은 진흙 범벅에다 마른풀 같은 것들이 엉겨 붙어 있었다. 태풍에 휩쓸려 길을 잃은 걸까?

미나코가 살며시 손을 뻗어 몸통에 붙은 것들을 떼어주니 털뭉치가 미동하기 시작했다. 몸집에 비해 작고 길쭉한 두 귀를 쫑긋 세우고 턱을 들어 올린다. 미나코는 자신이 알고 있는 생명체에 관한 지식을 총동원해 이 털뭉치가 대체 어떤 동물인지 추측하기 시작했다.

크기로만 보자면 작은 곰이나 염소, 당나귀, 사슴 정도 될 듯하다. 아니면 멧돼지? 멧돼지 중에도 이런 색을 가진 녀석이 있을지도. 아무튼 눈앞의 생명체는 자동차보다는 작고 자전거보다는 컸다. 육식인지, 초식인지, 난폭한지, 야생인지, 사람이 키우는 가축인지 도통 짐작조차 할 수 없었다. 분명한 건 사람이 가까이 다가가도 도망치거나 경계하지 않는 것으로 보아 야생은 아닌 듯했다.

미나코가 눈앞의 생명체 이곳저곳을 주의 깊게 살펴본다. 다친 건 아닌지, 병에 걸린 건 아닌지, 굶주린 건 아닌지. 겉으로 보기엔 털 상태도 나쁘지 않았고 특별히 다친 곳도 없었다.

곧 출근 시간이다. 미나코는 이 생명체를 지구대든 어디든 데려다줘야 하나 잠시 고민하다가 그냥 놔두기로 한다. 미동이 거의 없는 생명체와 곤혹스러운 모습으로 마주하고 있는 미나코의 머리 위로 감아놓은 필름이 빠르게 풀리듯 구름들이 분주하게 움직인다. 지금은 맑고 청명하지만 늦은 밤에 또 다른 쌍둥이 태풍이 근접해 올 것이다. 쌍둥이 태풍은 대개 같은 길목을 통과하니 낮 동안은 날씨가 좋을 것이다. 생명체가 기운을 차려 다시 자기 집으로 돌아가기를 바라며 우선 급한 대로 먹을 물을 준비해 생명체 앞에 놔두고 출근길을 서둘렀다.

***

"그러니까 지금, 동물이, 마당에, 길을 잃고 들어왔다, 는 건가요?"

언제나처럼 퀴즈가 끝난 후 반다와의 잡담을 이어갔다. 반다는 퀴즈 문답을 하듯 단어 하나하나를 끊어가며 물었다.

　"무슨 동물?"

이라고 묻는 반다에게 미나코는,

"글쎄 잘 모르겠어요. 평소 동물엔 관심이 없기도 하고 잘 알
지도 못하고…… 개나 고양이라면 알 수도 있을 것 같은데 그
건 아닌 것 같아요. 족제비나 새끼 곰, 멧돼지? ……아, 정말
모르겠어요. 살펴보긴 했는데 웅크리고 앉아 있는 데다 머리
도 잘 안 보여서 말이죠."

라고 말해 주었다.

　"그렇게나 커요?"

미나코의 모니터 너머로 보이는 반다의 녹색 눈은
호기심으로 가득했다.

　"대형견이라고 해도 그렇게까지 큰 건 본 적이 없어요."

　"울음소리는?"

　"글쎄요. 울음소리는 듣지 못했어요. 밤엔 태풍 소리 때
문에 놓쳤을 수도 있고."

　"날개가 있나요?"

　"아뇨. 날아다니는 생명체는 아닌 것 같아요. 하늘을 날
아다니기엔 몸집이 너무 커요."

　"웅크리고 있었다고 했죠?"

　"네, 실은 그래서 다리 길이나 몸통 크기가 정확히 얼마
나 되는지 몰라요."

미나코의 답변 하나하나를 귀 기울여 듣던 반다가 의자 깊숙이 몸을 뉘더니 즐거운 상상에 빠진 듯 미소 띤 얼굴을 한다. 흡사 비장의 퀴즈가 덤으로 주어진 듯한 모습이었다.

"웃을 일이 아니에요."

라는 미나코의 볼멘소리에 반다는 겸연쩍은 듯,

"아. 아니. 그게 아니라. 죄송합니다."

라고 말하면서도 얼굴은 여전히 웃음기를 머금고 있었다. 그리고는,

"그냥 제 생각인데요. 만약 오늘 집에 돌아갔을 때 떠나지 않고 그 자리에 그대로 있다면 그 생명체는 당신을 믿고 따를 가능성이 커요."

반다의 말을 듣고 보니 미나코는 자신이 지금까지 살아오면서 사람이나 동물과 친밀한 교감을 나눠본 경험이 없다는 걸 깨달았다.

"토템이라는 사상이 있어요. 그러니까 땅이나 특정 부족의 생존과 번영을 동물과 관련지어 숭상하는 겁니다. 때로는 사람을 수호하기도 하죠. 짐승이나 새. 물고기 같은 형체를 띠거나. 식물 모양을 한 경우도 있어요. 토템사상은 사회학에서 논의되기도 하고. 사람의 정신을 수호하는 동물일 경우 사이콜로지 영역에서 이야기되기도 합니다."

"그렇다면 내가 목격한 것이 환상이라는 건가요?"

"아니에요. 그런 게 아니라, 해괴한 형상을 한 동물이 눈앞에 나타났을 때 사람들이 그것을 뭐라고 판단할 것인가, 하는 것입니다. 설원으로 뒤덮인 북방 지역 사람들은 지금까지 한 번도 본 적 없는 하마를 수호 동물로 섬기는 경우도 있어요. 무서운 적일지, 친밀한 동료일지, 아니면 먹잇감일지, 아무것도 모른 채 말이죠……."

미나코는 자신과 전혀 다른 세계에서 왔을 저 거대한 털복숭이 생명체가 사람들과의 관계조차 서툰 자신을 따르리라는 생각은 도무지 들지 않았다.

"아마 그대로 있을걸요. 다음 퀴즈 때 뒷이야기 들려주셔야 해요. 꼭이요."

라고 단단히 다짐을 받은 반다가 인터넷을 빠져나갔다.

***

다음 퀴즈 상대인 기바노는 미나코의 이야기를 듣고 몹시 부러워했다. 미나코 집 마당에 나타난 생명체를 만나보고 싶고, 만져보고 싶고, 등을 쓰다듬어 주고 싶다며 흥분한 목소리로 말했다. 평소 동물에는 관심이 없는 데다, 어떤 동물인지조차 알 수 없는 생명체에게 이렇게까지 감정을 폭발시키며 흥분하는 기바노의 모습에 미나코는 적잖이 당황했다. 한껏 들떠 있는 그를 어떻게 진정시켜야 할지 난감했다.

"초원, 일본인이 생각하는 넓이, 그것의 8,000배."

라며, 기바노가 말을 꺼낸다. 자신이 태어나 자란 곳은 초원이라고 한다. 동물을 사육해 이동 수단으로 삼거나 도축해서 먹기도 한다고 사람들 숫자보다 훨씬 많은 생명체가 서식한다고 하니 길을 잃고 헤매는 녀석들도 흔히 볼 수 있을 것이다. 분명 미나코가 본 적도 없고, 알지도 못하는 동물들이 어마어마하게 많을 것이다. 그러고 보니 미나코는 동물의 등에 올라타 본 경험도 없었다.

"우리 집 마당에도 그런 길 잃은 생명체가 들어와 준다면 얼마나 좋을까……"

라며 기바노는 미나코를 진심으로 부러워했다. 미나코는 지금까지 살아오면서 자신의 외로움을 동물에게서 위로 받고 싶다는 생각은 단 한 번도 해 본 적이 없었기 때문에 기바노의 이 같은 과도한 반응을 어떻게 받아들여야 좋을지 몰랐다. 분명한 건 그의 고독이 인간이 아닌 동물의 존재를 갈구한다는 것이다. 작은 곤충이라도 그의 좋은 친구가 되어 줄 것 같다는 생각을 했지만 안타깝게도 기바노는 지금 현재 아주 작은 생명체도 틈입할 수 없을 만큼 안전하고 견고한 쉘터 안에 머물고 있는 듯했다.

미나코는 어느 날 갑자기 자신의 마당에 불쑥 나타났던 것처럼 이 길 잃은 정체불명의 생명체가 다시 길을 잃어 기바노에게로 가주기를 바랐다. 미나코는 어릴 때부터 사람을 그다지 좋아하지 않았다. 그럼에도 생각해 보니 요리 씨라든가 간베 주임, 그리고 퀴즈로 만난 사람들…… 마음을 나눌 존재가 전혀 없었던 건 아니다.

"동물에 대해 잘 몰라서요. 커다란 생명체가 아직 마당에 있다면 도대체 내가 어떻게 대응해야 할까요? 벌써 떠나버렸을지도 모르지만……"

고민을 털어놓는 미나코에게 기바노는 잠시 생각에 잠기더니, 다음에 또 이런 일이 생겼을 때 도움이 될 거라며 동물을 다루는 몇 가지 방법을 알려주었다. 이런 어처구니없는 일이 두 번이나 일어날 것 같진 않았지만 미나코는 주의 깊게 기바노의 이야기에 귀 기울였다. 어눌했던 기바노의 일본어가 갑자기 능숙해지는 기적이 벌어졌다.

"입 주변을 만지는 건 위험해. 초식동물과 육식동물은 이빨이 다르게 생겼어. 육식동물은 습격하지. 초식동물도 자신을 보호할 땐 깨물어. 육식동물은 갈기갈기 찢어서 먹고, 초식동물은 잘근잘근 씹어 먹지. 에너지가 엄청나. 턱의 힘. 거대한 에나멜. 가장 큰 무기. 초식동물의 이빨은 조직을 으깨버려. 위험해. 아주 위험해. 감염증. 치료. 아주 위험해. 육식동물보다 훨씬 큰 상처를 입히지."

기바노의 말을 들으며 미나코는 자신도 모르게 미간을 찡그렸다. 이런 지식이 필요한 날이 오지 않기만을 바랐다.

　미나코의 성실하고 진지한 두 친구인 반다와 기바노의 생각이 통한 걸까. 일을 마치고 퇴근한 미야코의 시야 가득 어둑어둑해진 마당을 차지한 거대한 생명체가 들어왔다. 아침과 같은 자리에 같은 자세로 웅크리고 앉아 있었다. 미나코가 아침에 본 것이 꿈이 아니라는 듯, 환상이 아니라는 듯 온몸으로 호소하고 있는 듯했다.

　나갈 때 놓아두었던 물이 절반 정도로 줄어 있었다. 그릇이 엎어지지 않은 걸로 보아 물을 마신 게 틀림없다. 살아있다는 증거겠지. 생명체의 몸 상태는 아침보다 특별히 나빠지지도 좋아지지도 않은 것 같다.

　기바노의 말에 따르면 건강한 동물이라면 모르는 사람이 다가가면 도망가거나 경계심을 보인다고 한다. 갇힌 상태도 아니고 끈으로 묶어 놓은 것도 아닌데 하루종일 한곳에 머물러 있는 일은 아주 드물다고 했다. 동물에 문외한인 미나코도 그 정도는 알았다. 뭔가 여의치 않은 사정이 생긴 듯한데, 그렇다고 반다의 말처럼 미나코가 마음에 들어서인 것 같진 않다.

　미나코는 도망갈 생각이 없어 보이는 동물을 물끄러미 바라보다 열쇠 꾸러미를 들고 마당 뒤꼍에 있는 창고로 향했다. 오래 사용하지 않아 구멍에 녹이 슬었는지 열쇠가 좀처럼 들어가지 않았다. 여러 번의 시도 끝에 열쇠를 넣긴 했는데 이번엔 창고 문이 자신의 본분을 잊은 듯 꿈쩍도 하지 않는다. 힘을 주어 흔들어대자 겨우 열렸다.

창고 안은 텅 비어 있다시피 했다. 미나코의 아버지는 정원 가꾸기라든가 목공에는 취미가 없었다. 해수욕장이 바로 집 가까이에 있어서 텐트나 파라솔, 낚시도구 따위가 하나쯤은 있을 법한데도 하나도 보이지 않았다. 미나코는 아버지가 원래 그런 사람이었다는 사실을 새삼스레 떠올렸다. 지금은 아버지가 어떤 사람이든 크게 상관없지만 말이다.

창고 안에는 일반 가정집에서 사용하기엔 부담스러워 보이는 큰 손수레가 세워져 있었다. 그리고 그 위에 큰 태풍이 몰려올 때 사용했을 법한 파란색 시트가 올려져 있다. 이렇게나 큰 수레가 대체 어디에 필요했던 걸까? 사람 대여섯 명은 족히 올라탈 수 있는 그런 크기였다. 사람이든 물건이든 실어서 움직이는 데만도 엄청난 힘이 필요할 것 같다는 생각을 하면서 파란색 시트에 쌓인 모래와 먼지를 대충 털어내고 몇 번 접어 들고는 창고를 빠져나왔다.

아버지가 사용하던 방을 대충 정리하고 바닥에 시트를 깔았다. 얼마 움직이지도 않았는데 미나코의 몸은 온통 땀범벅이 되었다. 날씨가 유난히 후덥지근하다. 쌍둥이 태풍 중 두 번째 녀석이 근접해 오고 있는 모양이다.

다시 마당으로 나가 털복숭이에게 다가가서는,

"안으로 들어가자."

라며 큰 결심이라도 한 듯 미나코가 말을 건넨다. 아마도 귀일 것 같은 부분이 조용히 움직인다. 머리가 아닌, 엉덩이로 보이는 쪽을 살짝 건드려본다. 털 사이사이에 흙먼지가 끼어 딱딱하게 굳어 있는 데다 축축하기까지 했다. 조심조심 서서히 힘을 주어 앞으로 쭉 밀었다. 그러자 생명체가 생각지 못한 형태로 변했다.

미나코는 웅크리고 앉은 자신보다 훨씬 높은 위치에 있는 털복숭이의 얼굴인 듯한 부분과 마주했다. 몸통 위로 목이, 그리고 그 끝부분에 긴 콧등이 나타났다. 머리부터 목뒤로는 긴 털이 자라 있었다. 동물을 잘 알지 못하는 미나코지만 눈앞의 생명체가 어떤 종인지 금방 알아챌 수 있었다. 자료관의 오래된 사진 속에서 봤던 그것과 닮아 있었기 때문이다.

'미야코산 말宮古馬'

서러브레드*에 비해 몸집이 작은 오키나와산 토종말이다. 속도는 그리 빠르지 않다고 들었다. 그렇다고 해도 미나코가 손을 뻗으면 울타리가 닿을 정도로 협소한 마

---

*   경마와 도약경기를 위해 잉글랜드에서 개량된 말의 품종.

당에서 하루종일 아무런 미동도 없이 지낼 만큼 온순하진 않을 터다. 눈에 띄는 상처는 없지만 분명 정상은 아닐 것이다. 대체 이 생명체는 어디가 불편한 걸까? 미나코는 조마조마한 마음으로 말 등을 살살 두드려가며 무사히 방안까지 끌고 들어갔다. 말은 날뛰기는커녕 머리를 살짝 숙여 침착하게, 어찌 보면 느긋하기까지 한 모습으로 미나코의 아버지가 사용하던 방 안으로 들어갔다.

미나코는 진흙과 마른 잎들로 엉망이 된 말의 몸을 여러 장의 타올로 정성껏 닦아주었다. 미나코의 몸은 땀으로 흠뻑 젖었다. 서둘러 빨래를 돌리고 건조기에 넣어 말려야 했다. 태풍이 오면 당분간은 바깥에 널 수 없기 때문이다.

"오늘밤만 여기서 지내자."

라며, 미나코는 새로 받은 깨끗한 물을 옆자리에 놓아주었다. 목이 몹시 말랐던지 벌컥벌컥 들이켰다.

미나코는 스마트폰으로 말 먹이를 검색했다. 인터넷 쇼핑몰에 목초 같은 것들이 떴다. 기바노가 알려준 대로 말에게 필요한 것들을 이것저것 주문했다. 목초가 부족할 때 먹이는 영양제와 동물의 몸을 보호해 준다는 로브도 인터넷 쇼핑몰엔 이런저런 다양한 물건들이 즐비했지만 태풍이 예보되고 있어 언제 배달될지는 장담할 수 없었다. 평소에도 이 주변은 다른 지역에 비해 배달이 늦은 편이었다. 오늘이나 내일은 무리겠지. 주문을 취소할까 잠시 고민했지만 그냥 기다려 보기로 한다.

그렇게 마음을 정하고 동물원과 목장 블로그를 이리저리 둘러본 후, 말에게 먹일 만한 것이 없나 냉장고를 열어본다. 다행히 슬라이스 채소가 남아 있었다. 물이 담긴 그릇 옆에 나란히 놓아두었지만 말은 입에 대지 않았다. 나중에 먹으려나. 아니, 오늘 하루 굶는다고 당장 어떻게 되는 건 아닐 거야. 미나코는 애써 걱정을 접으며 태풍이 지나가면 지구대에 신고하리라 마음먹었다.

목욕을 마치고 나와보니 말은 네다리를 접고 웅크리고 앉아 마당에 있을 때처럼 턱을 가슴팍에 묻고 있었다. 작은 스포츠 타올로 젖은 머리를 말리면서 미나코는 열어놓은 아버지 방에서 곤히 잠이 든 말의 모습을 물끄러미 바라본다. 아버지 방이라고는 하지만 살아 계실 때도 거의 비어 있는 상태였고, 돌아가신 후에도 청소하러 두세 번 들어갔을까 말까 했다. 아버지 방을 차지하고 둥글게 몸을 말고 있는 저 녀석은 대체 어떤 사연으로 여기까지 오게 된 걸까? 미나코는 도통 짐작이 가지 않았다. 집에서 기르던 걸까? 축사가 무너져 도망쳐온 걸까? 말은 재산 가치도 있으니 주인이 애타게 찾고 있는 건 아닐까? 어쩌면 벌써 신고했을지도. 수많은 질문이 꼬리에 꼬리를 물었다. 대로를 끼고 있는 이곳까지 오려면 사람들 눈에 띌 수밖에 없었을 텐데 들키지 않았다는 건 여기서 그리 멀지 않은 곳에서 온 걸지도.

오키나와에는 예전부터 경마장이 많았다는 이야기를 요리 씨에게 들은 적이 있다. 그 많던 경마장은 모두 어디로 사라진 걸까? 그 이유를 찾는 건 별로 어렵지 않다. 이 섬은 전쟁으로 불타버려 처음부터 다시 쌓아 올려진 것이다. 전쟁 중의 경마에 대한 기록은 남아 있지 않아 사람들의 기억에 의존할 수밖에 없다. 요즘은 더더욱 경마장이나 경주마의 모습을 찾아보기 힘들다.

미나코는 말을 지구대로 보내야 한다고 생각하니 마음이 무거워졌다. 어렸을 때부터 경찰은 별로였다. 인사하는 것조차 부끄러워하는 성격 탓도 있다. 그보다 결정적인 이유는 요리 씨의 자료관에서 벌어진 어떤 일 때문이다.

언젠가 한번은 요리 씨의 자료관으로 지구대 경찰이 찾아온 적이 있다. 어떤 이유로 온 건지는 확실하지 않지만 아마도 이웃 주민의 신고가 있었던 모양이다.

요리 씨는 이 섬 출신이 아니다. 어느 날 홀연히 마을에 나타나 지역 주민들을 상대로 과거에 있었던 일들을 묻고 다녔다. 때로는 떠올리는 것만으로도 지긋지긋하고 괴로운 기억을 집요하게 캐묻는 일도 있었을 것이다. 그런 요리 씨를 지역 주민들은 어떻게 바라봤을까?

이 섬의 비극의 응어리가 한데 모여 산더미처럼 쌓인 자료관에 대해 마을 주민들은 과연 어떻게 생각했을까? 미나코 지금까지 이런 생각을 진지하게 해 본 적이 없었다.

그러던 어느 날, 경찰이 요리 씨의 자료관에 들이닥쳤고, 자료 정리를 돕고 있던 미나코가 경찰의 시선에 포착되었다. 미나코는 지금도 그때의 일을 선명히 기억한다.

"잠깐, 너 이리 좀 와봐. 거기서 뭐 하는 거니?"

쩌렁쩌렁한 목소리에 미나코의 사고가 정지되었다. 학교 가야 할 시간에 이런 곳에서 대체 뭘 하고 있느냐고 호통치는 듯했다. 경찰은 아버지에게도 연락을 취한 모양이었다. 아버지가 이 일을 어떻게 대처했는지는 모른다. 미나코에게 무슨 말을 했었는지도 기억나지 않는다.

그 후로도 자료관을 드나들었으니 크게 문제 삼지 않고 넘어간 듯하다.

말을 신고하려면 바로 그 지구대로 가야 한다. 경찰은 귀찮은 얼굴을 할 게 뻔했다.

미나코는 방문을 나서려다 왠지 홀로 남겨두는 것이 안쓰러워 말과 함께 아버지의 방 한켠에서 눈을 붙이자 생각했다. 밖은 벌써 거센 비바람이 휘몰아치고 있었다.

"아침이 되어 날이 개면 조용히 어디론가 떠나가주지 않을래?"

미나코는 둥그렇게 말린 말 등을 바라보며 나지막이

중얼거렸다. 희미하게 갈비뼈가 돌출되어 보이는 다갈색 생명체에게 저주가 되지 않도록 조심하면서.

*　*　*

아직 어둠이 깔린 아침, 다행히 비는 그친 듯했다. 미나코는 안도했다. 날이 밝는 대로 말을 끌고 지구대로 갈 생각이다. 오늘은 자료관에도 나가봐야 해서 서둘러야 했다. 말을 모는 건 처음이라 인적이 드문 시간대가 좋을 것이다. 차가 많은 곳도 되도록 피해야 했다.

말은 미나코의 손놀림에 맞춰 천천히 움직였다. 마당 울타리를 지나 유유히 집 밖으로 나간다. 말은 미나코에게 온전히 몸을 맡긴 듯했다. 도망이라도 치면 지구대에 바로 신고하리라 마음먹었지만 정작 말은 도망칠 생각이 없어 보였다. 미나코가 시키는 대로 가다서다를 반복하며 앞으로 나아갔다. 어젯밤 불어 닥친 태풍 때문에 나뭇가지와 낙엽 같은 파편들이 길 위에 어지럽게 흐트러져 있었다. 말로만 듣던 미야코산 말과 걷고 있자니 늘 다니던 길도 왠지 생경하게 느껴졌다. 그리고 몸집이 큰 생명체가 걸을 때면 여러 소리를 일으킨다는 걸 알게 되었다. 숨소리, 발굽 소리, 갈기 스치는 소리 등등.

지구대에는 미나코보다 열 살쯤 위로 보이는, 어디

선가 본 적이 있는 것 같기도 하고 없는 것 같기도 한 얼굴의 경찰관이 있었다. 야근 탓인지 몹시 피곤한 얼굴로 미나코와 말을 번갈아 보며,

"이거 뭐야, 말?"

이라며 묻는다.

"우리 집 마당에 들어와 있었어요. 혹시 주인이 찾고 있을지 몰라서……."

라며 삐쭉거리며 말하자, 경찰관은,

"이런……. 언제?"

라고 묻는다.

"어제……. 그러니까 아침에 일어나 보니 들어와 있었어요. 첫 번째 태풍 이후 어제 두 번째 태풍이 오기 전에요."

"큰일이군. 이걸 어떡하나. 미리 연락을 주든가…… 이렇게 갑자기……."

곤란한 건 나 역시 마찬가지라고 소리치고 싶은 마음을 꾹 눌러 담으며, 대화를 이어간다.

"이렇게 사람을 잘 따르는 걸로 봐서는 어딘가 주인이 있을 것 같아요."

"그럴지도 모르지. 그런데 이런 곳에 진짜 말이 있을 리가 있나?"

진짜 말이라는 것은 야생마를 가리키는 걸까? 그렇다면 지금 눈앞에 있는 이 말이 가짜 말이라도 된단 말인

가? 미나코는 그가 무심코 던진 말이 앞뒤가 맞지 않는다는 생각을 하며,

"말에 대한 정보를 알 수 있는 표식이 하나도 없어서……"

"이거 참 곤란하군. 개나 고양이는 가끔 태풍에 휩쓸려 잃어버렸다는 신고가 들어오기도 하는데, 말은……"

경찰은 사료는 뭘 먹여야 하나 어디다 묶어 둬야 하나, 이런저런 걱정을 늘어놓으며 지구대 안으로 들어가 로프를 꺼내 오더니 말 목에 대충 두른 후 주차장에 묶어 두었다. 미나코는 로프가 헐거워져 풀려버리는 건 아닐까 불안했지만, 말은 순순히 경찰이 이끄는 대로 따랐다. 미나코는 건네받은 종이에 이름과 연락처를 적고는 무슨 일이 있으면 연락하겠다는 경찰의 말을 뒤로하고 지구대를 빠져나왔다. 집에 도착해 세탁기를 돌리고 땀으로 끈적해진 몸을 씻고 나니 갑자기 피로감이 몰려왔다. 자료관에 나가는 것도 잊은 채 평소보다 일찍 잠들어버렸다.

***

자료관이 무사한지 걱정이라며 미치 씨가 전화를 걸어온 건 쌍둥이 태풍이 한바탕 휩쓸고 지나간 지 사흘쯤 지났을 때다. 점심도 거르고 서둘러 자료관을 찾으니 미치 씨 혼자 나와 있었다.

"미안해요. 갑자기 연락해서."

미치 씨의 말투에는 심하진 않지만 간사이 지방 특유의 밝은 억양이 배어있다.

"병원은요?"

라고 미나코가 묻는다. 미치 씨 혼자서 치과를 운영한다고 들었기 때문이다.

"괜찮아요. 며칠 병원 문 닫기로 했어요."

미치 씨의 말에서 뭔가 안 좋은 느낌을 감지했다. 요리 씨의 건강에 이상이라도 생긴 걸까. 미나코의 불길한 예감은 적중했다.

요리 씨가 며칠 전 갑자기 입원하게 되었다고 했다. 요리 씨의 건강 상태로 볼 때 쉽게 퇴원하긴 어려울 것이다. 자료관 건물만 노후화된 것이 아니라 요리 씨도 흐르는 세월을 피해 가지 못했다.

미치 씨는 더 이상 자료관을 유지하기 힘들다고 판단한 듯했다. 밝은 얼굴을 했지만 어딘가 초조해 보였다. 최근 들어 요리 씨의 건강이 눈에 띄게 안 좋아지고 있어 미나코도 어느 정도 마음의 준비는 하고 있었다. 그런데 이렇게 갑자기 찾아오리라고는 예상치 못했다.

"공사가 곧 시작될 거예요. 일정이 정해지는 대로 알려줄게요."

"아무 도움을 못 드려 어쩌죠."

갑작스러운 소식에 당황한 미나코의 손에 미치 씨가 자료관 열쇠를 가만히 건네주었다. 미치 씨는,

"나는 이곳에 소장한 자료들의 가치를 잘 몰라요. 시간이 얼마 남지 않았지만 자유롭게 드나들면서 필요한 것들을 챙기도록 해요."

라는 말을 남기고는 자료관을 나섰다.

미나코는 열쇠의 감촉이 낯설게 느껴졌다. 미나코가 자료관에 올 때면 언제나 요리 씨가 먼저 나와 문을 열어 놓고 있었기 때문이다. 이제부터 미나코는 요리 씨가 없는 자료관에서 평소와는 조금 다른 작업을 시작하려 한다.

우선 미치 씨에게서 건네받은 열쇠를 가방에서 꺼낸 열쇠고리에 끼워 넣었다. 집, 스튜디오, 창고, 자전거 열쇠가 달린 작은 고리다. 그리고 다시 가방에서 철제 상자 두 개를 꺼내 요리 씨가 늘 앉던 의자 옆 선반 위에 올려놓았다.

요리 씨와 둘이 있을 때도 별말 없이 조용한 편이었는데 텅 빈 자료관에 혼자 있으려니 둘이 있을 때와는 또 다른 적막감이 엄습했다. 조용히 자리를 지켜온 요리 씨의 부재로 인해 자료들이 깊은 침묵 속으로 빠져들어 버린 듯했다.

미나코는 요리 씨가 늘 앉던 의자에 앉아 보기도 하면서 자료관 구석구석을 촬영했다.

그 사이 지구대에서 전화가 걸려 왔다. 실종 신고는 아직 들어 온 게 없고 우선 급한 대로 주인이 나타날 때까지 자연공원 관리사무소에 맡겨둘 거라고 했다. 어렸을 때 미나코도 가본 적이 있는 공원이다. 공원 한편에 오리나 염소 같은 동물에게 직접 먹이도 주고 만져 볼 수 있는 체험형 목장도 마련되어 있었던 것으로 기억한다. 그곳이라면 제대로 된 먹이를 줄 것이다. 일단 안심이다.

어둑어둑해질 무렵 미나코는 서랍 속 물건 몇 개를 챙겨 자료관을 빠져나왔다. 내일 다시 와야 한다. 처리해야 할 일이 많다. 시간이 얼마 없으니 서둘러야 한다.

＊＊＊

거래처인 '우리 동네 작은 전기상'은 생각보다 스튜디오에서 꽤 떨어진 곳에 있었다. 모노레일로 몇 정거장을 가야 하는 곳인데 예전에는 번화가였다고 한다. 가게 옆쪽에 지붕 달린 스쿠터가 세워져 있었다. 이 스쿠터를 타고 출장을 다니는 모양이다. 가게 입구부터 낡은 가전제품들이 쌓여 있어서 좁은 공간이 아님에도 압박감이 들었다. 가게 내부도 새 제품들로 발 디딜 틈이 없었다. 하나 같이 구형 모델들이다. 영업 중인지 모를 정도로 어두컴컴한 가게 안에 주인인 듯한 남자가 앉아 있었다. 스튜디오 컴퓨터를 꼼꼼하게 수리해 주던 바로 그 남자다. 스튜디오에서 일하는 사람이라는 걸 알아본 남자는 매우 곤혹스러운 표정을 지어 보였다. 미나코가,

"스튜디오 컴퓨터가 말이죠……."

라며 말을 꺼내자,

"오늘은 수리 안 합니다. 다음에 오세요."

남자는 차갑게 말을 끊으며 돌아섰다.

"저, 그게 아니고 스튜디오에서 데이터를 송신할 수 있나 해서요."

"뭐, 못할 건 없는데…… 영상도 보내고 음성 파일도 보내고 하니까…… 그런데 그 회선이 아주 특수해서 시간은 좀 걸릴 거요."

라며, 남자는 카운터 위에 놓인 낡은 노트에 무언가를 휘갈겨 쓰더니 종이를 찢어 미나코에게 건넸다. 겁먹은 듯한 모습이 마치 미나코에게 협박이라도 당한 모양새다. 갑작스런 방문에 당황한 걸까?

"그건 그렇고, 거기 데이터는 매번 삭제하지 않나?"

남자의 말투는 스튜디오에서와 달리 무례하고 난폭해 보이기까지 했다. 당황한 미나코는,

"네. 알아봤는데 그건 전혀 문제없어요. 이쪽 데이터를 보내는 것이니 그쪽 정보가 유출될 일도 없고."

미나코는 그렇게 작은 거짓말을 했다.

퀴즈 참가자들의 개인정보는 절대 유출될 일이 없다고 했으나, 실제로는 그들과 잡담을 나누는 사이사이 아주 소소한 그러나 선물 같은 정보를 얻을 수 있었기 때문이다. 간베 주임이 건네준 업무 매뉴얼을 확인한 결과 이쪽 데이터를 송신하면 안 된다는 항목은 없었다.

"아아, 제기랄!"

남자는 갑자기 일그러진 표정을 하더니 불쾌한 감정을 폭발시킨다. 조용한 성품의 아버지 밑에서 자란 탓에 이런 거친 반응은 처음이었다.

"당신이 있는 그 스튜디오 말이야. 분명히 말하는데 정상이 아니야. 난 더 이상 얽히고 싶지 않다구."

남자는 넋이 나간 듯 제기랄을 연발했다. 건장한 체격의 성인 남자가 겁에 질려 있는 모습은 미나코가 보기에 세상 그 어떤 생명체보다도 연약해 보였다.

"직접 피해를 본 건 없어. 돈도 꼬박꼬박 내고 있으니 내가 뭐라고 할 처지는 아닌데 말이야. 다시는 가고 싶지 않아. 갈 때마다 귀가 터질 것 같단 말이야. 그 낡아빠진 기계도 대체 어디에 쓰이는 건지 모르겠고. 말 안 해도 돼. 알고 싶지 않아. 텔레비전을 보다가도 이 근방 뉴스가 나오면 혹시 당신네 스튜디오가 뭔 사고를 친 건 아닌지 걱정되고, 내 탓은 아닐까, 자괴감도 든다구. 아, 아무튼 나는 그런 이상한 곳에 다시는 가고 싶지 않아. 가고 싶지 않다구."

가게 안은 먼지만 켜켜이 쌓여 새 제품인 채로 낡아
버린 가전들로 가득했다. 비좁고 어두운 가게 안에서 남
자는 미나코에게 속사포처럼 쏘아댔다. 평소 정중하게
부탁을 들어주던 온화한 모습의 그가 더 이상 아니었다.
남자가 스튜디오라는 공간과 미나코라는 존재를 줄곧 섬
뜩하게 여겨왔다는 걸 미나코는 전혀 예상하지 못했다.

　"그건…… 주임님과 상의해주세요. 도쿄에 계세요. 제겐
결정권이 없습니다."

라고 미나코가 말하자, 남자는 미간을 잔뜩 일그러뜨린
채 '도쿄?'라고 혼잣말을 하며 또 한바탕 욕지거리를 내뱉
은 뒤 가게 안쪽의 더 깊은 어둠 속으로 사라져 버렸다.

　미나코는 남자가 들어간 쪽으로 시선을 향한 채, 뒷
걸음질 치며 서둘러 가게를 빠져나왔다. 어둑한 실내를
빠져나오자 갑자기 주변이 밝아지며 시야가 흐려졌다.
조금씩 시력이 돌아오자 가게 입구에 즐비하게 늘어선
낡은 가전제품이 눈에 들어왔다. 가게 안을 슬쩍 들여다
보니 어두컴컴해서 아무것도 보이지 않았다. 어쩌면 남
자는 가게 안에서 미나코를 바라보고 있을지 모른다. 미
나코는 남자의 시선이 닿지 않기만을 바라며 산더미처럼
쌓인 가전제품 사이를 비집고 들어갔다. 그 속에서 클러
치백 사이즈의 낯익은 직육면체 기계가 손에 잡혔다. 미
나코는 그것을 들고는 있는 힘껏 내달렸다.

만약 상대가 간베 주임이었어도 이런 식으로 대응했을까? 아마 아닐 것이다. 자신의 감정을 노골적으로 폭발시킨 건 아마도 어둡고 안락한 자신만의 공간을 침입당했다고 생각했기 때문일 것이다. 그는 이 공간에서만큼은 왕이나 다름없는 존재로 군림했다. 그리고 미나코를 순진한 얼굴을 하고 자신의 왕국에 느닷없이 침입해 무언가를 캐내려는 불순한 존재로 여기는 듯했다. 아무리 그렇다 하더라도 그의 행동은 지나치게 무례했다. 미나코는 분하고 억울해서 몸이 떨려왔다. 지금까지 거래하며 쌓아왔던 신뢰가 산산이 깨져버렸기 때문일까. 빠르게 걷던 발걸음이 차츰 평소의 속도를 찾았다. 가게에서 멀어질수록 미나코의 마음은 무거워져만 갔다.

생각해 보니 어렸을 때 경찰에게 당한 일도 그렇고 이와 유사한 경험이 몇 번 있었던 것 같다. 성인이 되어 돈을 벌어 세금도 내며 한 사람의 시민으로 제 몫을 하는데도 말이다.

세상 사람들은 미나코나 요리 씨처럼 세상 어딘가에 존재하는 정보를 정리하고 축적하는 일에 불편한 감정을 느끼는 듯했다. 시간이 가면서 서서히 깨닫게 된 사실이다.

미나코는 세상에 대한 불만을 표출한 적도 없고 사회에 폐를 끼친 적도 없다. 설령 그렇다고 한들 그저 묵묵히 정보를 모으고 성실히 기록하는 일이 비난받을 이유는 그 어디에도 없다. 무언가를 수집한다는 것, 미지의 영역에서 축적되어온 무언가에 의식적인 것은 인간의 본능일지 모른다.

그런데 사람들의 눈에는 요리 씨의 자료관이나 간베 주임의 스튜디오나 모두 음침한 마녀의 집처럼 비쳤던 모양이다. 길을 걷고 있는 미나코의 눈에 소리 없이 눈물이 흐르고 있었다. 생각할수록 분했다. 그리고 요리 씨를 떠올렸다. 요리 씨는 이 보이지 않는 무형의 불합리한 일 하나하나에 화를 낼 수도 슬퍼할 수도 없었을 것이다.

***

집에 돌아온 미나코는 남자의 가게에서 몰래 가져온 직육면체 기계를 거실 테이블 위에 올려놓았다. 옆쪽에 손잡이가 달리고 뒤쪽은 건전지를 넣게 되어 있었다. 검은색 전기 코드도 밴드로 잘 정리되어 있었다. 그런데 콘센트 플러그 부분이 녹이 슬어 사용할 수 있을 것 같지 않았다. 미나코는 오래되어서 지저분해진 포장을 벗겨내고 집안 어딘가에 굴러다니던 AAA 건전지를 찾아 넣은 후, 전원으로 보이는 스위치를 살며시 눌러 보았다.

그러자 검고 네모난 플라스틱 부분에 '88:88'이라고 쓰인 빨간색 디지털 숫자가 깜빡거렸다. 그 밑 오른쪽에는 스피커로 보이는 작은 구멍들이 일정한 간격으로 뚫려 있었다. 나란히 자리한 버튼 몇 개를 대충 아무거나 누르자 옅은 회색 플라스틱 뚜껑이 열렸다. 거기까지는 예상대로였는데, 뜻밖에도 안에 무언가가 들어 있었다. 자료관에서 보았던 것과 동일한 플라스틱 재질의 카세트테이프였다.

미나코는 얼마나 오래 방치되었을지 모를 이 낡은 기계를 몰래 가져왔다는 데에 죄책감은 없었다. 그러나 그 안에 들어있는 오래된 기록물과 마주하는 일은 결코 유쾌하지 않았다. 기계와 함께 버려지긴 했지만 누군가가 애써 기록해 놓은 정보를 몰래 **빼내는** 것 같은 기분이 들어서다.

미나코는 자료관 서랍에서 가져온 플라스틱 재질의 제품 몇 개를 꺼냈다. 조금 전 기계에 들어있는 것과 색깔은 다르지만 똑같은 구조의 카세트테이프였다.

미나코는 처음 보는 기계였지만 인터넷을 검색해 조작 방법을 알아냈다. 원리는 생각보다 간단했다. 과연 기계가 제대로 작동해 줄까. 카세트플레이어에 자료관에서 가져온 테이프를 넣고, 그 옆에 녹음 기능을 켠 스마트폰을 살며시 놓아두었다. 재생이라는 작은 글자가 새겨진 스위치를 철컥하고 소리가 날 때까지 깊게 꾹 눌렀다.

전화를 걸었다 끊기를 반복하며 몇 번을 망설인 끝에 미나코는 간베 주임에게 일을 그만두고 싶다는 의사를 조심스럽게 전했다. 그런데 간베 주임은 미나코의 퇴직 희망을 너무도 순순히 수락해 주었다. 아무런 조건도 달지 않았다. 후임자를 찾을 때까지라든가 인수인계가 끝날 때까지라든가 그런 흔한 말도 없었다. 그러기는커녕 미나코가 미안한 마음에 제시한 "이번 달 말까지"라는 말도 간베 주임은 통째로 삼켜버렸다. 물론 퇴직 사유를 묻거나, 빈말이라도 새 일자리는 찾았냐는 걱정 한 마디 없었다. 당분간 먹고살 돈은 마련되어 있으니 걱정하지 않아도 된다는 변명거리를 만들어 둔 자신이 무안해질 지경이었다.

그런데 미나코는 간베 주임의 이런 반응이 썩 마음에 들었다. 앞으로 두 번 다시 간베 주임 같은 상사를 만날 수 없을 것 같아 슬퍼지기까지 했다. 미나코가 이런저런 생각을 하는 사이 간베 주임은,

"이런 말을 해도 될지 모르겠는데……"

라며, 조심스럽게 말을 꺼냈다.

"당신과 이 일이 정말 잘 맞는다고 생각했었어요."

"고독해 보였나요?"

간베 주임은 잠시 머뭇거리는 듯하더니,

"아뇨, 그런 뜻이 아니고. 고독이 적성에 맞는 직업은 세상 어디에도 없습니다."

미나코는 자신이 생각했던 것과 전혀 다른 대답이 돌아와 놀랐다.

"그렇다면, 제가 이 일과 맞을 것 같다는 말씀은 무슨 뜻이죠?"

"……글쎄요. 이상한 것을 이상하게 바라보면서도 그것을 있는 그대로 받아들일 용기가 있는 사람이랄까. 여기서만 하는 이야긴데, 미나코 씨에 대한 퀴즈 참가들의 만족도도 매우 높았습니다."

"저도 일이지만 즐거웠어요."

예의상 하는 말이라도 미나코는 듣기 좋았다.

"그러니까 기회가 된다면…… 이런 종류의 직업에 다시 도전해 보세요."

"이런 이상한 직업이 또 있을까요?"

"예, 실은 꽤 됩니다."

"이런 일을 다시 찾는다는 건 사막에서 바늘 찾기가 아닐까요?"

미나코의 말이 끝나자 수화기 너머로 웃음소리가 들려왔다. 면접 때 보여준 사려 깊은 미소와는 사뭇 다른 웃음이었다. 숨을 들이마시고 조금씩 뱉어내는 듯한 품위 없는 웃음이었다.

미나코는 그렇게 너무나 맘에 들었던 일을 그만두게 되었다.

***

퀴즈 풀이가 끝나고 잡담을 나누던 중 미나코가 일을 그만둔다는 이야기를 꺼내자 반다는,

"그렇군요."

라며 조금은 섭섭함이 묻어나는 반응을 보였다. 그리고는 평소처럼 미나코와 이야기를 주고받았다. 이들에겐 어쩌면 익숙한 이별일지 모른다.

"한 가지 부탁이 있어요."

미나코는 진지하게 말을 꺼냈다.

"제가 보내는 데이터를 보관해 줄 수 있을까요?"

"제가요?"

반다는 모니터 앞으로 몸을 바짝 당겨 앉으며 묻는다.

"네. 반다 씨가 보관해 준다면……."

미나코는 다른 사람에게 공개해도 전혀 문제될 게 없으니 안심하라는 말을 몇 번이고 덧붙인다.

"어떤 건데요?"

"반다 씨도 시간될 때 한 번 보세요. 별로 재미있는 건 아니지만. 지금 내가 사는 섬에 대한 정보를 기록한 아카이브예요."

반다는 예의 그 호기심 어린 표정을 지어 보이고는 잠시 화면에서 사라졌다 다시 나타났다.

"최근 들어 거의 사용하지 않는 서버가 있어요. 실험 자료들을 저장해 두는 곳인데 용량이 충분하거든요."

"중요한 서버 아닌가요……."

염려하는 미나코의 말을 뒤로하고 반다는,

"괜찮아요. 어차피 이 안에서는 실험이 금지되어 있어요. 서버가 있어도 무용지물이죠."

라며 웃어 보이고는 심심하던 차에 잘되었다는 말도 덧붙인다.

생각보다 데이터 전송 시간이 오래 걸렸다. 느린 속도가 지루한 듯,

"시간도 때울 겸 개인적인 얘기 좀 할까요. 오늘이 마지막이기도 하고."

라며 모니터 속 반다가 미나코에게 말을 걸어왔다.

내가 태어난 곳은 아주 작은 나라예요. 경제력도 군사력도 갖추지 못했지만 사람들의 행복 지수는 높은 편이었어요. 어릴 때부터 인성교육을 중시하고, 큰 욕심 없이 자신의 삶에 충실할 수 있었다고 할까. 지금은 꼭 그렇다고 말하긴 어렵지만.

내가 어렸을 때 똑똑하기로 둘째가라면 서러운 인물

이 국가 원수로 취임했어요. 그는 그 누구보다 교육에 공을 들였죠. 작은 땅덩어리에 빈약한 자원, 힘없는 조국을 살리는 길은 오직 교육뿐이라고 생각한 겁니다. 설령 국가가 무너져 국민이 뿔뿔이 흩어진다 해도 교육만 제대로 한다면 국가를 빼앗긴 것이 아니라는 믿음을 갖고 있었죠.

그의 이러한 신념은 국가의 힘을 키우는 중요한 동력이 되었습니다. 교육의 효과가 나타나기까지 꽤 많은 시간이 걸리는 법인데 그는 끈기를 갖고 노력했습니다. 그 덕에 우리는 원하기만 하면 다양한 교육의 혜택을 받을 수 있었습니다. 과학이나 음악은 물론이고 전문 분야로 나가기 위한 기초교육까지도 말이죠.

시간이 흐르면서 그의 곁에 자연스럽게 우수한 인재들이 모여들었습니다. 점차 국가의 형태를 갖춰 가면서, 때로는 작게, 또 때로는 투명하게, 무기를 갖지 않는 평화의 나라라는 의미의 '마루코시의 나라丸腰の国'를 지향해 갔죠. 너무 발전하지도, 너무 빈곤하지도 않은, 아주 천천히, 조금씩 풍요로워져 갔습니다. ……아주 어렸을 때부터 맡았던 커피 향이 은은하게 퍼지듯 말이죠. …… 그땐 그랬지 하고 무심코 떠올려야 생각날 만큼 느긋한 속도로…….

말을 마친 반다는,

"일본하고는 완전히 다르죠?"

라며 짓궂게 웃어 보였다.

우리나라는 성장 중인 청년기에 해당한다고 생각해요. 국민 가운데 뛰어난 이들은 더 큰 나라로 진출해 활약할 수 있도록 했습니다. 젊은 인재들은 최고의 연구팀과 마음껏 연구할 수 있는 물리적 환경, 그리고 빛나는 삶을 선사해준 조국에 감사하는 마음을 갖게 되었습니다. 큰 나라들은 인재를 파견한 이 작은 나라에 경의를 표해 왔습니다. 모두 교육의 중요성을 일찍이 간파한 젊고 유능한 원수 덕이죠.

"반다 씨가 우주로 가게 된 경위가 그렇게 된 거군요?"

미나코의 말에 반다는 고개를 끄덕이며,

"큰 나라와 작은 나라에서 선발된 이들로 팀이 꾸려졌습니다. 우리나라 사람은 나 혼자였어요. 연구팀과 함께하는 시간은 희망으로 가득했습니다."

모니터 너머로도 들려오는 그의 목소리가 아주 희미하게 떨리고 있는 것이 느껴졌다. 슬픈 기억보다 행복한 기억을 떠올릴 때 더 눈물이 난다고들 하는데 정말 그런 것 같다고 미나코는 생각했다. 분명한 건 지금 그가 외톨이라는 사실이다. 그의 신변에 무슨 일이 벌어지고 있는지 상상하는 건 한계가 있었다. 반다는 아주 천천히 말을 이어갔다.

조국에서 일부 사람들이 쿠데타를 일으켰습니다. 내겐 너무나 갑작스러운 일이었습니다. 그렇게 느낀 건 조국을 떠나 희망이 넘치는 곳에 너무 오래 있었던 탓에 조국의 그림자를 미처 살피지 못했던 탓입니다. 나는 비난받아 마땅합니다.

그사이 총명한 원수는 세상을 떠났고, 인재들도 종적을 감추었고, 주변 국가들과의 국교도 단절되었습니다. 지구의 팀원들의 노력에도 불구하고 새로 취임한 원수는 내가 우주에서 지구로 귀환하는 걸 허락하지 않고 있습니다. 아마도 지구로 귀환한다고 해도 조국으로 돌아오지 않을 게 분명하고, 큰 나라도 나를 순순히 조국으로 돌려보내지 않을 거라고 판단한 모양입니다. 그도 그럴 것이 해외 여기저기로 뿔뿔이 흩어져 살아가는 이들에게 조국이란 사라지고 없는 것이나 마찬가지였기 때문입니다. 가족이 조국에 인질로 잡혀 있는 경우가 아니라면 말이죠. 나 역시 그런 부류라고 생각했겠죠…… 조국에 가족이 없기 때문입니다.

지구로 귀환하는 동료들은 차례로 나를 안아주며 눈물을 흘렸습니다. 그리고 내가 지구로 안전하게 돌아올 수 있는 환경을 꼭 만들겠다고 약속했습니다. 나는 그들이 하는 말이 남의 이야기처럼 현실성 없이 들렸지만 그래도 그걸로 충분했습니다. 조국에는 내가 머물 곳이 없었습니다. 어디를 가든 나에게는 위험한 곳뿐이라면 차라리 아름답고 안전한 우주에 머물러 있는 편이 훨씬 낫겠죠. 지금도 나는 그렇게 생각합니다.

반다의 미소는 체념처럼 보였다.

"나는 이 국경 없는 장소가 마음에 듭니다. 힘으로 제압하기 위해 기세 좋게 주먹을 휘두르다 자신이 오히려 뒤로 나자빠지는, 중력에 의한 힘의 세기를 완전히 무력화시켜 버리는 그런 곳 말입니다. 그야 혼자라서 지루하기도 하고 가끔 외로움과 불안감에 짓눌려 미쳐버릴 것 같을 때도 있지만 그건 지구에 있는 사람에게도 있을 수 있는 일이겠죠."

데이터 전송 미터기가 100을 가리키고 종료를 알리는 팝업이 표시되었다. 반다의 시선이 화면으로 향하는 걸 보니 상대방 모니터에도 전송 완료 표시가 뜬 모양이다.

"그럼 이 아이들을 잘 맡아놓도록 할게요."

반다가 잘못 말한 건지, 자신이 잘못 알아들은 건지 모르겠지만 데이터를 아이에 빗댄 표현이 미나코에게 신

선하게 다가왔다. 미나코도,

"잘 부탁드려요. 그동안 즐거웠어요."

라며 인사를 건넨다. 신선한 느낌을 받은 것치고는 형식적인 인사에 머문 것 같아 마음이 쓰였다.

"이 데이터를 맡아두었으니 당신과 영원한 이별은 아니네요."

라며 웃어 보이는 반다에게 미나코는,

"저기요."

라며 목소리를 낮춰,

"이건 문제라고 할 것도 없고, 정답도 없는……."

"말하자면 보너스네요. 당신이 마지막으로 주는. 들어볼까요."

반다가 선뜻 응해주자 미나코는 안도한 표정으로,

"니쿠자가라잔" "마요우혜매다" "가라시켜자"

라며 또박또박 천천히 공들여 말한다. 두 번째 단어를 듣고는 반다는 평소처럼 호기심 넘치는 표정을 지어 보이며 재빠르게 손을 놀린다. 메모 중인 모양이다.

"그럼. 안녕."

반다의 인사가 끝나자마자 통신이 끊겼다. 간베 주임과의 마지막처럼 산뜻하고 아주 싱겁게 말이다.

***

　폴라와의 이별은 더 싱겁게 끝났다. 폴라는 이별을 오히려 기쁘게 받아들이는 듯했다. 홀로 이곳저곳을 떠돌며 여행하는 것을 복음이라고 여기는 그녀에게 이별은 너무나 익숙한 듯 보였다.

　데이터를 보관해 달라는 미나코의 부탁을 한 치의 망설임 없이 흔쾌히 받아들였다. 폴라는 자신의 데이터 용량이 충분하다는 말도 덧붙였다.

　"여기 이곳은 '나'라는 인간과 엄청난 양의 데이터만이 존재하지. 데이터 지킴이라고나 할까."

　실없는 농담을 던지는 폴라에게서 미나코는 문득 자신과 닮은 구석을 발견했다. 그렇게 단순화시켜 말하는 게 미안할 정도로 그녀는 아름다웠지만. 폴라 역시 자신과 마찬가지로 사람과의 대화가 그리 능숙한 것 같진 않았다. 그런데 오늘은 여느 때와 달리 정말 수다스러웠다. 데이터가 전송되는 동안 폴라는 미나코에게 끊임없이 말을 걸어왔다. 통신이 끊기기 전에 자신의 이야기를 모두 전달하고야 말겠다는 듯한 필사적인 모습이었다. 미나코는 지금까지 들어본 적 없는 빠른 말투의 폴라의 이야기에 귀 기울였다.

우리나라는 아주 잘 사는 건 아니어도 부족함이 없었어. 우리 집은 꽤 재력이 있는 편이었어. 조부모님은 보수적이었지만 온화했고, 도시에 자리를 잡은 부모님은 재산도 충분했고 지역 사회에서 나름 힘도 있었어. 우리 형제들은 희망으로 가득 찼지. 그런데 왠지 모르게 나만 심하게 자폐적이고 비관적이었어. 온갖 부정적인 감정이 오로지 나 하나에 집중된 것 마냥. 그렇다고 부모님이 다른 형제들과 나를 차별해서 키운 건 아니야. 모두에게 골고루 사랑을 나눠주셨지만 불행하게도 그것이 나와 맞지 않았을 뿐.

게다가 나는 외모도 그저 그렇고 심성도 그리 좋은 편이 아니었어. 비굴하고 질투심이 많고 배려심이 부족하고 상냥하지도 않았지. 그래서 가족들과의 관계에서 아주 사소한 질투 같은 감정이 가장 약하고 인간성도 별로인 나를 엄습할 때가 있었던 것 같아.

세상 사람 누구나 갖고 있을 법한 아주 작은 질투심이라거나 별것 아닌 장난 하나도 그 아름다운 가족들은 용납하지 않았어. 내가 아름다운 가족의 모습에서 벗어났나? 그런 나를 품어 안을 수 없을 거라고 생각한 모양이야. 뭔가 공평하지 못한 것 같은데 사람들은 당연하게 여겼어. 재산가가 그따위로 비굴하게 처신하는 건 사치라는 둥, 영향력 있는 사람은 그런 식으로 말해서는 안 된다는 둥, 나의 말투와 행동 하나하나를 꼬집어서 훈계하는 거야. 그런데 말이야 그거 알아? 정작 비굴한 건 자기들 자신이라는 거. 그런데도 나는 그들을 비난하지 않았어. 나는 그들이 화를 내며 훈계하는 데에는 다 이유가 있으려니 하며 그냥 당하고만 있었어. 무릇 가진 자가 강자라는, 그런 생각으로 말하고 행동해야 하는데…… 나에겐 그런 모습이 없었던 모양이야. 가족 중 유일하게 나만 말이야.

그 사실을 알게 된 가족들은 그럴 때마다 내게 조용히 화내거나 슬퍼하면서 나를 지켜주려고 애썼어. 나에게 미안하다고 사과까지 하면서 말이야. 그런데 그런 아름다운 행동들이 오히려 나를 비참하게 했어. 제발 나를 그냥 못 본 척 내버려두라고.

나의 십대 초기는 어떻게 하면 이 우아하고 아름다운 가족들 품에서 벗어날 수 있을까 고민하는 데 온통 소비한 것 같아. 실은 나도 가족이 싫은 건 아니었어. 정말 사랑했지.

나의 목표는 가족과 떨어져 혼자가 되는 거였어. 남몰래 간직한 이 목표를 이루기 위해 최선을 다했어. 과학 아카데미에 조기 입학해 기숙사 생활을 하면서 그 꿈에 한 발 가까워졌지.

자신의 내밀한 이야기를 이어가는 폴라의 볼이 빨갛게 상기되어 있었다.

"그런데 아이러니하게도 내가 태어난 나라와 가족 덕에 내가 좋아하는 일에 집중하고, 하고 싶은 공부도 마음껏 할 수 있었던 것 같아. 환경이나 경제적 뒷받침이 없었다면 불가능했겠지."

미나코는 폴라의 아름다운 가족을 상상했다. 고풍스러운 의자에 조부모가 앉아 있고 그 주변을 아버지와 어머니 형제자매들이 둘러싸고 있다. 액자 속 사람들은 한 가족이라는 걸 증명하는 듯했다. 문득 미나코는 자신에게 가족사진이라고 할만한 것이 하나도 없다는 걸 깨달았다. 어머니는 미나코가 태어나고 얼마 안 있어 세상을 떠났고 아버지와도 단둘이 찍은 건 없었다. 초상이 없는 가족. 증명이나 기록으로 남아 있지 않은 가족. 미나코는 자신의 가족사를 떠올리며 폴라의 이야기에 계속해서 귀 기울였다.

어렸을 때, 자전거를 빌려 탔던 기억이 있어. 내게 자전거를 빌려준 리노 씨는 정말 친절한 분이었어. 그런데 나 때문에 경솔한 사람이 되어 버렸어. 그 점은 지금도 리노 씨에게 미안하게 생각해. 나는 빌린 자전거를 타고 멀리까지 내달렸어. 강변을 따라 쭉 올라가기만 해서 길을 잃진 않았지만, 되돌아갈 수 없을 정도로 멀리까지 가버린 거야. 나는 그때 태어나서 처음으로 가족과 떨어져서 하룻밤을 지새웠어. 가족들이 내 이름을 아무리 불러도 닿을 수 없는 그곳에서. 홀로 잠드는 편안함을 나는 그때 처음 알게 되었어. 피곤하긴 했지만 정말 풍요롭고 달콤한 시간이었어. 잠시 눈을 감았다 뜬 것 같았는데 해는 이미 중천에 떠있었어. 그야말로 마법 같은 깊은 잠.

다음 날 나는 한 여성에 의해 발견되었어. 나를 애타게 찾던 가족들은 이 소식을 듣고 한달음에 달려와 나의 무사함을 기뻐하며 하염없이 눈물을 흘렸어.

내가 잠든 그날은 마침 그 마을 축제일이었대. 정작 나는 축제가 있었는지도 몰랐는데 사람들은 내가 축제에 가고 싶어서 그 멀리까지 간 거라고 믿었어. 그리고는 아이니까 그럴 수 있다며 이해하는 모습을 보였어. 어른들은 의외로 단순하다니까.

어쨌든 다음해부터 매년 온 가족이 축제에 가게 되었고, 부모님은 내게 새 자전거도 사주셨어. 그런데 나는 그 이후로 자전거를 타지 않았어. 자전거는 녹슬어 정원의 흙과 나무 곁으로 돌아갔지. 아마 그 무렵부터였을 거야. 가족들에게서 도망쳐야겠다는 생각을 구체화하기 시작했어. 지난번처럼 내가 아무리 멀리까지 도망가도 내 이름을 부르며 애타게 찾아다닐 게 뻔하니까. 사랑한다고 말하며 눈물을 흘려줄 거라는 걸 알아버렸으니까.

그들은 가족애로 똘똘 뭉쳐 있었어. 나도 물론 가족을 사랑해. 그건 지금도 변함 없어. 그런데 당시 내 마음은 절망으로 가득했어. 깊고 깊은 절망. 과연 여기서 도망칠 수 있을까? 절대 도망칠 수 없을 것 같은 절망.

지금 내 일상에는 거울이 없어. 거울이라는 것도 사회가 낳은 모습을 비추는 것이지 나의 본래의 모습을 비추진 못하니까. 내 모습에서 가족의 모습을 발견하는 게 싫다는 건 아니야. 그래서 다행이긴 한데, 그 건강하고 아무런 문제가 없어 보이는 가족들의 모습이 내게는 분명 저주였어.

지금 화면에 보이는 수면은 내 머리보다 훨씬 위에 있어. 가족들의 모습도 생각 안 날 만큼 아주 멀리 떨어진 곳이지. 지금 내겐 당신이 훨씬 친숙해. 극지의 심해에는 생명체가 많아서 외롭진 않아. 만질 수도 없고, 교감하지도 못하지만 말이야. 그런데 우린 어차피 다 모르는 사이니까 딱히 문제는 없어.

폴라가 웃으며 말했다.

"가족들이 보고 싶진 않아. 그렇다고 가족이 싫은 건 아니야. 진심으로 행복했으면 좋겠어. 멀리 떨어져 있으니까 소중함도 느끼게 되고. 변명처럼 들릴지 모르지만."

데이터 전송이 완료되었다. 미나코는 담담하게 자신의 이야기를 들려주는 폴라의 모습이 아름답다는 생각을 하며, 반다에게 그랬던 것처럼 세 단어 퀴즈를 내고 마지막 인사를 나눴다.

***

"속눈썹이 긴 말은 물어뜯는 습성이 있어."

기바노는 미나코가 화면 공유를 통해 보여준 미야코 산 말에 시선을 고정시키며 말에 대한 정보를 하나라도 더 알려주려고 애썼다. 그의 표정과 말투에서 동물을 정말 사랑하는 사람이라는 걸 느꼈다. 기바노는 전쟁터에 있지만 비즈니스맨처럼 늘 말끔한 정장 차림을 했다. 그런 말쑥한 모습과 동물에 대한 해박한 지식은 그가 가진 최고의 매력이다.

"그런데 물거나 하진 않아요. 아주 얌전한 말이죠."

미나코는 행여 반박처럼 들리진 않을까 염려하며 조심스럽게 대답했다.

그런 미나코에게 응답하듯 기바노가 자신의 이야기를 털어놓기 시작했다.

"쉘터엔 나 혼자가 아니야. 가족이나 동료가 아닌 사람들과 함께 있어. 혼자나 마찬가지인 셈이지. 혼자라는 생각, 아주 철저히 혼자라는 생각을 해. 외로움보다 훨씬 더 위험한."

이곳엔 일 때문에 들어왔어. 사실대로 말하면 조금 상대하기 거추장스러운 인물들의 인질로 잡혀 있어.

그들과 나는 사용하는 언어는 같은데 생각은 완전히 달라. 그래서 대화가 통하질 않아. 그들의 말을 듣는 게 힘들어. 아마 그들도 나와 대화하는 게 무척이나 괴로울 거야.

그들은 내가 도망하는 데 아무런 도움을 줄 수 없는 힘없는 사람들과 대화하는 걸 허락했어. 내가 태어난 나라 사람들과는 허락하지 않고, 같은 언어로 싸우는 강한 이들과의 대화는 금지. 일본이 아니더라도 상관없어. 강하지 않고, 크지 않고, 돈이 없고, 사람의 강함이 중요치 않은 나라라면 어디든 좋았어. 일본인은 무기를 갖지 못하고 군대도 갖지 못해. SNS에서 큰 소리로 도와달라고 외쳐봤자 나를 도와줄 사람은 없어. 그랬기 때문에 그들은 문제 삼지 않았어.

시간이 정말 많았어. 그 시간을 온전히 일본어를 익히기 위해 노력했지. 그들과 다른, 그들과 멀리 떨어진 언어와 사고방식을 지닌 사람들과 이야기를 나누고 싶었어. 웃고 싶었어. 당신이 됐든 누가 됐든. 그렇게 우연히 얼어걸린 게 당신과 함께 했던 퀴즈야. 지금 내게 세상과 연결되는 유일한 통로지.

걱정하지 않아도 돼. 그들은 당신이 누군지 관심 없어. 알려고 하지 않아. 그들에겐 잘된 일이지…… 아니, 그렇지 않을지도. 그들은 일본이 어떤 나라인지 몰라. 자기와 관계없는 문화는 알려고 하지 않아. 나는 지금 도망치지 않을 거야. 도망치면 더 위험해. 전쟁터 한가운데니까. 위험한 곳에선 오히려 그들의 쉘터가 안전한 법. 음식과 약품을 제공하고 약간의 운동을 허용하며 가끔은 의사가 찾아오기도 해. 그들은 나를 건강하게 보살피고 있어. 아마도 군대 윗선끼리 모종의 약속이 있었던 모양이야. 나는 그들과 함께 있어. 나는 건강하게 살아있을 거란 약속을 지킬 거야. 중요한 건 내가, 이곳에, 건강하게 살아있다는 사실.

그들은 진지하기도 하고 천진하기도 한 두 가지 모습을 가지고 있어. 실제 나이도 나보다 어리긴 하지만, 알맹이는 훨씬 더 어린애 같았어. 그들끼리 정한 약속이라든가 정의란 것에는 무척이나 충실했어. 그것이 이 나라 사람들의 사고방식이야. 잔혹한 싸움 속에서 미치지 않고 살아가는 방식.

나는 전쟁터에서 직장을 가지기 한참 전…… 정확히 말하면, 태어났을 때부터 전장의 인간이었어. 가족 대부분이 군인이었지. 누군가는 전쟁터를 사진으로 찍어 팔고, 똑똑한 사람은 글을 써서 팔았지. 전쟁이 생활의 방편이었고, 모두의 삶의 구심점이었어. 사랑, 정의, 성공, 가족, 이 모든 것에 전쟁이 뒤섞여 있어. 상대를 무찌르는 시스템이 애초부터 존재했지.

우리 집은 아주 유복했어. 원하면 마음껏 공부할 수도 있었고, 전쟁에 이기기 위해서 하는 공부였지만 말이야. 여동생은 여자라는 이유로 공부하고 싶어도 못 하고 집안에서만 생활했어. 잘사는 집 자식은 공부한 뒤 군대에 나갔고, 가난한 집 자식은 졸업과 동시에 총을 잡았어. 잘사는 집 여자는 집안에서, 가난한 집 여자는…… 더는 말하고 싶지 않군.

나는 비참한 전장으로 변해 버린 내 나라를 멀리 떠나 살며 일을 시작했어. 전장에서 입는 옷이 아닌 다른 옷을 입고, 매일 면도를 하고 샤워를 했지. 일은 성공적이었어. 동물에 올라탄 적도, 동물을 잡아 먹어 본 적도 없다는 듯, 처음부터 깨끗한 곳에서 태어나, 죽은 사람도, 동물도 본 적 없다는 듯, 그런 얼굴을 하고 티없이 맑고 깨끗한 사람들과 살았어.

그런데 말이야 세상은 전쟁과 엮이지 않고는 살아갈 수 없어, 불가능해. 경제, 정치, 문학, 생물에 관한 연구도 모두 전쟁과 관련된 것들뿐. 전쟁에 쓸모가 있는지 아닌지가 중요했지. 나는 오랫동안 서로가 서로를 죽이는 가운데 진화한 가장 새로운 유형의 인간이야. 지금 내가 살아 있는 건 부모의 부모가 또 그 부모의 부모가 사람이나 동물을 많이 죽였기 때문이야. 나는 죽인 쪽의 후손. 싸우는 것을 좋아하는 강한 생물이 남았고, 죽이는 것보다 죽는 쪽을 택한 생물은 사라졌어.

누군가가 소리 높여 모든 무기를 버리라고 해도 무기 대신 또 다른 것으로 싸우지. 돈이든 정보든……

내 동생은 카메라를 끌어안고 죽었어. 그의 아내와 어린 딸은…… 살점이, 살점이…….

눈물 섞인 목소리로 띄엄띄엄 이어가는 기바노의 이야기를 듣던 미나코는 금방이라도 울음이 터질 것 같은 표정을 했다. 태어나서 처음 느껴 보는 울분이었다. 방음 처리가 완벽한 이 스튜디오는 목 놓아 울기에 제격이다. 차마 기바노를 똑바로 바라보지 못하고 기바노를 비추는 화면의 끄트머리, 거실 한 귀퉁이를 비추는 아름다운 카펫의 무늬만 바라보고 있었다. 기바노의 화면에 어김없이 등장하던 이 아름다운 카펫이 실은 쉘터 사람들이 기도를 올리는 곳이라는 걸 미나코는 미처 알지 못했다. 쉘터는 사람을 지키기 위한 은신처이면서 기도를 올리는 곳이기도 했던 것이다. 오키나와 데라부 가마와 생김새가 비슷한 것 같기도 했다.

"말 이름은?"

기바노가 묻자 미나코는,

"히코키ヒコーキ"

라고 대답했다.

언젠가 요리 씨에게 들은 적이 있는 '히코키'라는 단어는 옛 오키나와를 주름잡던 명마 이름이다. 기바노가 이름을 묻기 전까지 미나코는 말에게 이름을 붙여줘야겠다는 생각을 하지 못했다. 기바노 덕에 털복숭이 말은 이제 제 이름을 갖게 되었다. 히코키……

"히코키를 절대로 놓쳐선 안 돼. 말은 재산이고, 아마도, 가족이야. 자신의 힘으로 손에 넣은 가족."

미나코는 히코키가 이미 경찰서에 넘겨져 자기 손에 없다는 말은 차마 하지 못했다. 혹여라도 히코키가 별로 중요치 않은 존재로 비춰질까 조심스러웠기 때문이다. 전쟁터의 기바노로부터의 마지막 소중한 메시지는 그렇게 아쉽게 끝나고 말았다.

데이터 전송이 거의 끝나갈 무렵 기바노에게도 마지막 퀴즈를 냈다.

"서비스 퀴즈. 세 개로 된 단어. 답은 언젠가, 다음 기회에——"

***

미나코는 히코키가 떠나버리고 없는 집에서 기바노가 알려준 것을 머릿속에서 신중하게 몇 번이고 몇 번이고 되새겼다.

속눈썹이 긴 말은 무는 버릇이 있다.
몸집이 작은 말은 전력 질주에 적합하지 않다.
도망친 말이 찾는 은신처는?
말을 길들이는 최적의 방법.

미나코가 출제한 퀴즈에 대한 답이 아닌, 기바노가 살아가면서 익힌 지혜가 묻어나는 아름다운 모범답안이었다.

깊은 생각에 잠겨 있던 미나코를 깨운 건 요란하게 울리는 초인종 소리였다. 현관문을 열자 여느 때처럼 언짢은 표정을 한 배달원이 익숙한 크기의 상자를 들고 서 있었다. 미나코가 상자를 건네받으려 하자 배달원은,

"평소보다 무거운 것 같으니 조심하세요."

라고 작고 빠른 목소리로 말했다.

언제나 물건만 건네주고 휭하니 자리를 뜨던 무뚝뚝한 배달원도 늘 같은 크기의 상자가 배달되어 온다는 것

을 다분히 의식하고 있었던 모양이다. 그제야 미나코는 자신이 평소와 다른 물건들을 주문한 걸 떠올렸다. 거실로 돌아와 익숙한 손놀림으로 상자를 뜯기 시작했다. 로프, 와이어 커터, 말 마크가 붙은 플라스틱병, 작은 웹카메라, 그리고 검은 테 안경. 상자 밑에는 언제나처럼 진공팩이 빈틈없이 깔려 있었다.

이 물건들은 자료관에서의 경험, 퀴즈 참가자들의 조언, 몸집이 커다란 불청객이 없었다면 주문하지 않았을 것들이었다. 말하자면 뜻밖의 선물과도 같은.

미나코는 시간을 들여 신중히 계획을 세웠다. 평소라면 시도조차 해 보지 못했을 것을 지금 실행에 옮기려 하고 있다. 퀴즈를 통해 다양한 사람들과 만나고, 또 자료관의 많은 정보들을 접하면서 알게 된, 평소에는 별로 쓸 일이 없는 잡다한 지식 덕이다. 예컨대, 자물쇠를 풀고 잠그는 법, 소리 죽여 걷는 법, 방범 카메라의 종류와 촬영 범위나 사각지대 등. 미나코는 이때를 위해 칼로리 소비를 최소화하며 일상을 변화시키기 위한 체력과 기력을 조금씩 비축해 왔다.

카세트플레이어에 들어있던 테이프는 아직 버리진 않았지만, 한 번도 재생하지 않은 채 테이블 한구석에 방치되어 있었다.

***

　류큐 경마는 속도가 아닌 아름다움을 겨루는 경기다. 이런 종류의 경기는 일본 다른 지역 경마에서는 볼 수 없는 오키나와 고유의 방식이라고 한다. 경마장의 길이는 이백 미터가 될까 말까 하게 짧으며, 류큐산 작은 말이 달린다. 속도 제한이 없으면 말뿐만이 아니라 주위 관객들도 위험해질 수 있기 때문에 빨리 달리기를 금지하고 이를 엄격히 지켜 왔다는 기록도 남아 있다.

　병족並足이나 도족徒足 등 경마 기술을 구사해 속도가 아닌 아름다움을 겨루는 방식은 류큐 왕조의 사족士族 층에서 시작되었다고 한다. 훗날 류큐처분으로 사족의 지위를 잃게 되면서 오키나와 각지의 부농에 고용되어 경마가 호황을 이루었다.

　세계의 축제를 한군데 모아 놓은 것처럼 류큐 경마가 있는 날이면 주변은 사람들로 넘쳐났다. 상금이 걸린 것도 아니고, 도박성 돈이 오가는 자리도 아니었다. 우승한 말에게는 명예의 천을, 관객들은 기껏해야 술 한 잔 걸고 즐기는 정도였다. 경마용 말을 소유한 이들은 왕조 가문이거나 부농들로 말은 부의 상징이었다. 관객들은 경마장 주변에 들어선 시끌벅적한 좌판에서 주전부리를 하거나 가볍게 술을 마시며 즐겼다. 말을 구경하기 위해 모여

든 아이들과 한껏 멋을 부린 여자들로 발 디딜 틈이 없었다. 요즘으로 치면 화려한 모터쇼 분위기를 연상시킨다.

이렇게 류큐 경마는 섬사람들에게 큰 인기를 끌며 계속되어 오다가 쇼와 시대를 전후해 점차 쇠퇴해 갔다. 태평양전쟁 말기 오키나와전투 이후 지금은 거의 모습을 감추었다. 경마장이 있던 흔적만 간신히 남았다. 그것을 기억하고 있는 사람도 하나둘 세상을 떠나고 자료도 남아 있지 않았다. 귀중한 군사 자료를 비롯해 역사적으로나 문화적으로 가치가 있는 자료들도 모두 불타버렸으니 경마 자료가 남아 있길 기대하는 건 무리다.

경마가 막을 내리게 된 것은 꼭 전쟁 탓만은 아니다. 당시 일본 정부나 GHQ^{연합군 총사령부} 등 섬 밖에서 온 사람들이 이 풍습을 못마땅해한 탓도 있고, 섬사람들이 그러한 평판에 신경 썼던 것도 사실이지만 가장 큰 이유는 기근이었다.

당시 오키나와에 풍요로움을 가져다주었던 것은 농업이었다. 그런데 흉작은 그 풍요로움을 뿌리째 앗아갔다. 사탕수수 단일 재배는 현금화하기 쉬운 대신 대규모의 흉작 앞에서는 한없이 무력했다. 게다가 일본 정부가 막 통치하기 시작한 타이완에서 더 저렴한 가격으로 사탕수수 생산을 장려하던 때였다.

더 이상 사탕수수로 생계를 꾸려나갈 수 없게 된 데

다 엎친 데 덮친 격으로 도내에서 돼지 콜레라가 발생했다. 이로 인해 공공도로로 동물을 옮기는 일이 제한되었다. 농가들은 견딜 만큼 견뎠으나 식량으로도 활용하기 어렵고 손이 많이 가는 사치스러운 경마용 말을 기를 수 없게 되었다. 바람을 가르며 힘차게 달리는 모습은 기품 있고 아름다웠지만, 몸집이 작은데다 다리도 가늘고 길어서 무거운 짐을 싣고 옮기기에는 적합하지 않았다. 전황이 급박해지면서 섬의 재래종을 단종시키고 교배를 통해 대형마를 생산하는 정책이 추진되었다.

세계 경제공황의 여파로 오키나와를 시작으로 난세이 제도 각지에 소철지옥蘇鉄地獄이라고 불리는 대기근이 발생했다. 기아에 굶주린 나머지 독성이 강한 소철 열매 전분까지 먹을 수밖에 없었는데, 독성을 제대로 제거하지 않아 식중독을 일으키거나 사망에 이르기도 했다. 오키나와 주민들은 소철지옥이 찾아들 때마다 일본 본토뿐만 아니라 세계 각지로 일을 찾아 떠났다. 일본계 이주민 가운데 오키나와 출신이 많은 것도 그런 사정 때문이다. 모두 절망으로부터 도망치듯 배에 올랐다.

경마는 더 이상 화려한 문화가 아니게 되었다. 이 작은 비극은 하루아침에 벌어진 것이 아니다. 몇 개의 원인들이 쌓이고 쌓여서 만들어진 것이다. 기아 하나만 하더라도 여러 경우의 수가 작동한 결과다. 그런데 당시엔 그런 요인이 한둘이 아니었고 범위도 크고 넓어서 서로 연관시켜 생각하지 못했던 듯하다. 사실로서 하나둘 기록해 나가다 보면 보조선이 만들어지고 전혀 관련 없어 보이던 것들도 뜻하지 않게 연결되기 마련이다.

그렇기 때문에 사소한 것처럼 보이는 것들도 기록해 두지 않으면 안 된다. 목숨과 맞바꿔 계승하는 것이 아니라 오랜 시간을 살아가며 지켜가야 한다. 기록된 정보는 언젠가 누군가의 생명을 지키는 것이 될지도 모르기 때문이다.

시험 삼아 걸치고 있던 안경이 자꾸만 콧잔등 아래로 미끄러져 내려오는 것을 지그시 눌러 올리며 미나코는 깊은 생각에 빠졌다.

***

폭풍우가 지나간 자리엔 비구름도 천둥을 만드는 적란운도 모두 날아가 버리고 산뜻한 바람만 남았다. 최근엔 일기예보가 정확한 편이라 태풍이 근접해 오는 것을 예측하고 거기에 맞게 계획을 세울 수 있다. 게다가 계획을 실행하는 날은 마침 구름도 얼마 없고 달도 뜨지 않은 밤이다. 일기예보는 달의 행방도 거의 정확하게 맞췄다. 미나코는 사람 눈에 잘 띄지 않는 공원 뒤편 구석진 곳에 미리 수레를 갖다 놨다. 수레는 마치 누군가가 작업하던 중 잠시 자리를 비운 것 마냥 아주 자연스럽게 자리를 지키고 있었다. 대야, 와이어 커터, 로프, 말 마크가 새겨진 병, 웹캠, 그리고 파란색 시트. 만약을 위한 것을 배제한 꼭 필요한 것만 실었다. 혹여라도 뜻하지 않은 일에 휘말리면 아무짝에도 쓸모없는 도구일 터였다. 반다나 기바노, 폴라처럼 잡학다식한 사람이라면 또 모르지만 말이다. 미나코는 그들과 나누었던 대화들을 떠올리며 결심이 섰다는 듯 긴 심호흡을 했다.

심야 공원, 만남의 목장, 희미한 불빛. 그곳에 다갈색 털뭉치가 미나코 집 마당에서 그랬던 것처럼 길쭉한 부위를 모두 접고 조용히 웅크리고 앉아 있었다. 아마도 염소와 토끼, 오리 등이 사는 것으로 보이는 울타리와 그 옆 울타리를 에워싼 형태로 원추형 파일론*이 세워져 있었다. 쇠파이프와 판자를 이용해 만든 듯하다. 그리고 거기에 '길 잃은 말입니다. 가까이 가면 위험합니다'라는 문구를 쓴 경고장이 붙어 있었다. 미나코는 히코키가 자신을 해치려 한 적이 없었음을 떠올리며 불필요한 경고장을 떼어내 둥글게 말아 주머니에 찔러 넣었다.

미나코는 소리 내지 않게 조심하면서 히코키에게 다

---

* 고대 이집트 신전 입구에 있는 쌍탑 모양의 문.

가갔다. 오리도 염소도 깊은 잠에 빠졌는지 미나코가 다가가는 것을 눈치채지 못했다. 예전에 놀러 왔을 땐 못 본 것 같은데, 그 사이 울음소리가 요란한 닭 같은 동물들이 새로 들어왔으면 어쩌나 걱정하며 가슴을 졸였다. 수탉이 동트기 전에 요란하게 운다는 것 정도는 동물에 문외한인 미나코도 알고 있었다. 동물들이 눈치채지 못하도록 미나코는 조심스럽게 울타리를 열고 안으로 한발 한발 들어갔다. 어두운 곳에 웅크리고 앉아 있는 다갈색 털뭉치가 자세를 바꿔 앉더니 고개를 들어 미나코 쪽을 돌아보았다. 옆쪽에 물과 당근이 담긴 양동이 두 개가 나란히 놓여 있었다. 말 먹이가 당근이라는 건 어디선가 들은 것도 같은데 긴장한 탓인지 확신이 안 섰다. 말 마크가 새겨진 플라스틱 병 뚜껑을 열어 물이 담긴 양동이에 붓는다. 태풍이 오던 날 처음 만났을 때처럼 히코키는 천천히 물을 마셨다.

이 말 전용 진정제의 존재를 미나코에게 알려준 것은 기바노였다. 소심해서 푸레질을 하는 말이라면 마취가 필요하다. 경기 전이나 차로 먼 길을 이동해야 할 때 사용한다. 말은 장거리를 이동하는 동물이기 때문에 장소에 대한 감각이 뛰어나다. GPS 장치가 머리에 장착되어 있는 듯 말이다. 비행기, 배, 기차 등으로 이동할 경우, 자신은 가만히 있는데 빠른 속도로 움직이면 머리가 복잡해져서 패닉상태가 된다.

세로토닌이라고 하는 신경전달물질은 말의 흥분을 억제할 수 있다고 한다. 미나코는 히코키가 흥분하는 걸 본 적이 없다. 그럼에도 이 약이 필요한지 한참을 고민했다. 히코키를 믿지 못한 걸까? 아니면 어떻게든 빨리 일을 끝내고 싶었던 걸까?

지금까지 검색조차 해 본 적 없는 와이어 커터를 인터넷으로 주문했다. 제법 큰 사이즈인데도 사슬을 끊어내는 데 상당한 시간이 걸렸다. 긴장한 탓인지 손에 땀이 배어 몇 번이나 미끄러졌기 때문이다. 완벽주의자와는 거리가 먼 미나코였지만 이번 일은 매우 주도면밀하게 준비했다. 드디어 히코키를 묶고 있던 사슬이 다 풀렸다. 물을 마신 후 네다리를 접어 얌전히 웅크리고 앉아 있는 히코키의 목에 고삐를 걸었다.

로프로 심플하게 만든 고삐는 미나코가 기바노에게서 배운 것이다. 기바노는 사이즈 조절이 쉬운 가장 간단한 방법이라고 말했지만 막상 목에 걸려고 하니 생각처럼 쉽지 않았다. 히코키의 목과 머리 어느 부위를 통과시켜야 할지 고심했다. 히코키는 힘이 과하게 들어갔다 싶을 때만 머리를 흔들며 싫은 내색을 했고 대체로 얌전히 끈을 매도록 가만히 있어 주었다. 가끔은 기분 좋은 표정으로 머리를 들이대 주기도 했다.

히코키의 고삐를 끌어당겨 미리 준비한 수레에 태우고 파란색 비닐시트를 덮어씌웠다. 어느덧 남색 하늘이 어렴풋이 밝아오고 있었다. 드문드문 지나쳐가는 자동차가 신경쓰였지만, 수레를 밀어 도로 쪽으로 나갔다. 운이 좋았다. 히코키를 태운 수레는 거짓말처럼 편하게 움직였다. 사이즈도 크고 바퀴도 두꺼웠다. 이렇게나 몸집이 큰 동물을 태워 옮길 수 있다니. 아버지는 대체 이걸 어디에 사용하셨던 걸까? 아무리 떠올려봐도 아버지가 이걸로 무언가를 옮기는 걸 본 기억이 없다. 히코키는 가만히 웅크리고 앉아 비닐시트 밖으로 코끝만 내놓고 몸을 온전히 미나코에게 맡기고 있었다. 사람들과 마주치지는 않았지만 어쩌면 수레로 옮기는 것보다 말 위에 올라타 빨리 내달리는 편이 사람들 눈에 띄지 않을 거라는 생각을 했다. 그런데 미나코는 히코키를 타고 달릴 자신이 없었다.

***

가마는 섬에 자연적으로 발생한 동굴을 말한다. 크기가 크고 유명한 것부터 이름 없는 작은 것까지 섬 이곳저곳에 분포되어 있다. 미나코는 산길 옆에 수레를 세우고 히코키를 끌어내렸다. 어깨까지 올라오는 키 큰 풀

123

과 하늘 높이 솟아오른 나무숲을 헤쳐 경사면을 내려가
자 가마 하나가 나타났다. 미나코가 미리 봐두었는데 적
당한 크기에 무엇보다 누군가에게 발견될 위험이 적어
보였다. 수레와 파란색 시트, 와이어 커터를 가마 안쪽에
숨기고, 만일을 위해 한 번 더 진정제를 먹이려다 그만두
었다. 끈을 풀어 놓자 가마 입구 근처에서 한가로이 풀을
뜯기 시작했다. 그동안 먹이를 충분히 먹어서인지 미나
코 집 마당에서 처음 만났을 때보다 반들반들 윤기가 돌
았다. 등을 쓰다듬으니 머리를 들어 올리고는 입을 우물
거리며 미나코를 바라본다.

　　사랑스럽다는 느낌은 전혀 없었다. 거센 콧김, 먹이
를 씹어대는 소리, 퀴퀴한 냄새, 거기다 얼굴 여기저기 특
히 눈꺼풀이나 입 주변 점막 언저리에 집중적으로 벌레
가 꼬여 있었다. 기바노가 입에 침이 마르도록 칭찬하던
모습과는 영 딴판이었다. 도대체 이 말이 어디가 아름답
고 영리하다는 건지. 게다가 몸집이 작은 종이라고 했는
데 히코키는 머리도 큰 데다 길고, 몸집도 미나코보다 훨
씬 크고 힘도 셌다. 마음대로 다루지도 못하는, 이 힘센
동물에게 몸을 맡긴다는 것이 미나코에게는 어쩐지 두렵
게 느껴졌다.

　　"올라타도 될까?"
라고 물은들 히코키가 대답해 줄 리 만무했다. 어쩌면 이

대로 영원히 히코키를 타지 못할지 모른다.

　"이곳이 마음에 들지 않으면 도망쳐도 돼. 나중에 다시 올게."

라고 말하며 미나코는 로프를 사용해 히코키의 목에 웹 카메라를 매달았다. 그리고 고삐를 풀어둔 채로 가마를 떠났다. 미나코의 집 마당을 찾았을 때도 히코키는 묶여 있지 않았다. 히코키가 원래 있던 장소로 돌아가도 어쩔 수 없다고 미나코는 생각했다. 아니 오히려 그편이 나을 것 같았다. 하지만 지금 히코키의 상태로는 어디에도 가지 않을 것 같다.

　이 다갈색 커다란 털뭉치는 어디에 풀어 놓건 잘 살아갈 것이다.

　집에 돌아온 미나코는 세수를 하려다 문득 얼굴에 무언가가 만져지는 것을 깨닫고 고개를 들어 거울을 봤다. 물방울이 맺혀 시야를 방해하는 안경 너머로 자신의 모습이 비쳤다. 황급히 안경을 벗고 수건으로 물방울을 닦아냈다. 조심스럽게 안경을 두 손에 받쳐 들고 거실로 향했다. 소파에 앉아 안경을 유심히 살펴보니 두꺼운 뿔테와 다리 쪽에 나사 빠진 작은 구멍 몇 개가 보였다.

　안경다리에 핀홀식 카메라가 달려 있었다. 안경다리에 연결되어 있는 케이블을 이용해 컴퓨터에 접속한다. 미나코의 시야에 들어온 것을 그대로 영상화할 수 있는 특수한 안경이다.

몇 단계의 과정을 거쳐 컴퓨터를 가동시키자 미나코의 방이 나타났다. 창밖은 어둠이 짙게 내려앉아 있었다. 현관을 벗어나 수레를 끌며 어두워진 길을 걷는다. 조금 전까지의 미나코의 모습이 녹화된 것이다. 어둠 속에 둘러싸인 아스팔트가 계속된다. 재생 속도를 열 배로 올리자 수레를 길가 울타리 너머에 숨겨놓고 히코키 목에 줄을 매는 장면이 나왔다. 거기서 재생을 멈췄다. 어두운데도 영상이 잘 보여 신기했다. 적외선을 감지하는 센서 때문일까. 무슨 색인지 희미해서 흑백처럼 보였지만 히코키의 표정이라든가 긴 속눈썹까지 확인할 수 있었다. 카메라는 기본 기능에 충실한 듯했다.

미나코는 평소 잘 보지 않던 텔레비전 뉴스와 신문을 꼼꼼하게 살폈다. 지역 뉴스에서 길 잃은 말 소식을 한 차례 보도한 모양인데 후속 보도가 없는 걸로 보아 그대로 수사를 마무리한 듯했다. 미나코의 납치계획이 그렇게 허술했는데도 말이다. 경고장도 뜯겨 있었을 테고, 쇠사슬을 끊은 흔적도 남아 있었을 텐데 아무런 의심을 하지 않다니. 길 잃은 말의 사연에는 관심도 없고 번거로운 일을 서둘러 해치우고 홀가분해 하는 표정이었다. 여느 때라면 이런 식의 일 처리가 불만이었겠지만 이번만큼은 정말 다행이라는 생각을 했다.

일을 그만두고부터는 자료관에도 나가지 않았다. 낮에는 주로 집에 머물렀고 저녁 무렵 잠깐 승마 연습 겸 히코키를 만나러 가마로 나갔다. 기바노가 알려준 대로 히코키의 등에 올라타는 연습을 며칠 하다 보니 이제는 자연스럽게 오르내릴 수 있게 되었다. 나란히 걷다가 등에 올라타고 내리기를 반복하는 사이 자신과 히코키의 경계가 점점 모호해지고 마침내 하나가 되는 걸 느꼈다.

며칠 후 미나코는 히코키를 타고 가마를 빠져나와 주변 숲을 산책했다. 이렇게나 빨리 적응하리라고는 생각지 못했다. 숙련된 조교 기바노 덕인지 영리한 히코키 덕인지 모르겠지만 말이다. 기바노에게 이 소식을 알리고 싶어도 이젠 연락할 방법이 없다.

미나코는 집에 있을 때는 히코키의 목에 달아놓은 웹카메라를 통해 모습을 확인했다. 영상에 비친 히코키는 대부분의 시간을 어두컴컴한 가마 안에서 지냈고, 가끔 먹이를 찾아 주변 숲을 어슬렁거리며 산책하는 게 다였다. 미나코가 드나드는 길목까지 나가는 일은 극히 드물었다.

어떤 일에 능숙해지기 위해서는 단계를 설정해야 효과적이다. 꾸준히 반복하고 연습하는 것도 중요하지만 그에 못지않게 중요한 건 강제로라도 휴식시간을 확보하는 일이다. 너무 과도하게 몰입하는 경우 한 템포 쉬어 가는 게 오히려 효과적일 때가 있다. 뭔가에 흠뻑 빠져본 적이 없는 미나코는 요즘 그야말로 먹고 자는 것도 잊은 채 훈련에 몰두하고 있다.

"조금만 더, 이제 얼마 안 남았어."

라며 히코키와의 훈련에 집중하다 보니 경사가 급한 언덕을 단번에 오르기도 하고, 계단 같은 곳도 유유히 내려올 수 있게 되었다. 히코키는 울퉁불퉁한 길도 부드럽게 달린다. 좁은 길은 뒷다리를 능숙하게 사용해 빠져나온다. 그럴 때마다 미나코는 자신과 히코키가 완전히 하나가 된 느낌을 받는다. 서로의 능력을 최대치로 끌어내어 하나의 생명체가 된 느낌이라고 할까.

$$* * *$$

미나코가 생각한 것보다 요리 씨의 임종이 빨리 다가온 듯했다.

평소 전화할 일이 없는 미치 씨로부터 전화가 걸려왔다. 전화를 받기 전부터 예감이 좋지 않았는데 불행하게도 적중한 모양이다. 언젠가 닥쳐올 일이라고 마음의 준비를 했던 그 일을 미치 씨가 담담한 목소리로 전한다. 얼마 전 만났을 때와 달리 평정심을 찾은 듯 슬퍼하거나 동요하는 것 같지 않았다. 사무적이긴 했지만 온화함을 잃지 않은 목소리였다.

미나코의 기억대로라면 요리 씨는 생전에 장례식도 고별식도 원치 않았다. 무덤을 쓰는 일조차도 말이다.

"직장直葬으로 치룰까 해요."

라고, 미치 씨가 말을 꺼낸다.

"잘 몰라서요. 직장이라는 게……"

"나도 얼마 전에 알았는데. 장례식이나 고별식 없이 간단히 기도만 올리고 시신을 화장하는 거라더군요."

화장이라는 말이 조금 무겁게 미나코에게 다가왔다.

"가까운 지인에게만 연락할 생각이에요."

이어서,

"미나코 씨가 좀 도와주면 좋겠어요. 물론 시간이 되면요."

라는 말을 빠르게 덧붙인다.

미나코도 요리 씨의 이야기를 들으며 장례식에 손을 보태겠다고 말하려던 참이었다. 마침 일도 그만뒀고, 자료관 일에도 소원했던 터라 완벽하게 혼자였다.

"물론 도와드려야죠."

미나코는 서둘러 시간과 장소를 받아 적었다. 오늘 저녁, 장소는 조금 먼 곳이었다. 미치 씨가 차로 데리러 와주기로 했다.

"따로 준비할 건 없고, 평상시 복장 그대로 오세요. 덕분에 한시름 놨어요."

미치 씨가 안도하는 말을 남기고 전화를 끊었다. 칼라가 붙은 블라우스에 무릎 아래로 내려오는 스커트를 차려입고 집을 나섰다. 미치 씨는 티셔츠에 팔 없는 파카와 면바지 차림이었다.

"어머, 안경 썼었나?"

미치 씨가 미나코의 안경 쓴 모습에 관심을 보이자 미나코는 최근에 시력이 나빠졌다는 말로 대충 얼버무렸다.

미치 씨의 차에 타는 건 처음이다. 차에 희미하게 담배 냄새가 배어 있었다.

미치 씨는 장례 절차 중 가장 간소한 것으로 예약해 두었다고 했다. 병원에서 직접 화장장으로 이동해 독경 같은 형식 없이 정말 최소한의 예만 갖춘 후 화장하는 방식이라고. 장례 서비스 직원인 듯한 사람이 평상복 차림의 두 사람을 정중하게 안내했다.

화장을 마친 후 요리 씨의 유골함이 가족들의 품에 건네졌다. 미치 씨가 두 손을 모으고 예를 갖추고 있는 미나코의 손을 잡더니 무언가를 꼭 쥐여주었다. 요리 씨의 뼛조각인 듯했다. 미나코는 뼛조각을 쥔 손을 주머니 속에 가만히 넣었다. 미치 씨가 몇 번의 사인을 하고 나니 요리 씨와의 마지막 인사가 모두 끝났다.

미나코가 유골함을 안고 조수석에 타려 하자 미치

씨가 기운 빠지는 일이라며 말렸다. 유골함을 뒷좌석에 태워 벨트로 단단히 고정시킨 후, 미치 씨가 운전하는 차 안에서 둘은 처음으로 긴 대화를 나누었다.

"세상을 떠나는 것도 간단치가 않네. 절차도 복잡하고 처리할 일도 많고."

미치 씨가 혼잣말인 듯, 들릴듯 말듯한 목소리로 말문을 열었다. 그리고는,

"어머니가 예전엔 사람들하고 어울리는 걸 좋아하셨어요. 장례를 간소하게 치르고 싶어도 아는 분들이 워낙 많아서. 그래서 그분들께 들키기 전에. 들킨다고 하니 뭔가 어감이 이상하지만요."

라며 소리 내어 웃어 보였다. 미나코는 들키지 않는 거라면 자기를 따라올 사람이 없을 거란 생각을 하며, 미치 씨의 이야기에 귀 기울였다.

"요즘도 자료관 나가세요?"

"아뇨……"

"나는 어머니도 자료관도 지키지 못했어요. 미나코 씨가 없었다면 아마 벌써 접었을 거예요. 미나코 씨가 있었기 때문에 어머니도 자료관 일을 계속하실 수 있었던 거예요."

그리고는 미나코에게 몇 번이나 고맙다는 말을 했다. 차창 밖으로 후드득후드득 물방울 부딪히는 소리가 들린다.

"이런 날 감상에 젖고 싶진 않은데 바다에 잠시 들러도 될까요?"

미치 씨의 제안을 미나코도 흔쾌히 받아들인다.

***

바다는 금방이라도 거친 파도를 몰고 올 기세로 격렬한 물보라를 일으키고 있었다. 이 주변 바다는 사람도 집어삼킬 정도로 태풍이 거센 곳으로 유명한데 평소에는 파도 한 점 없이 고요하다. 오늘의 바다는 이 두 가지 상반된 모습을 반씩 섞어 놓은 듯했다. 미나코는 히코키와 지내는 시간이 많아지면서 뉴스를 거의 보지 않아 몰랐는데 아마도 태풍이 아주 가깝게 다가온 듯했다. 파도가 심하게 출렁이는 바다를 바라보고 있자니 문득 히코키가 무사한지 걱정되었다. 끈으로 단단히 묶어놨고, 전쟁 와중에도 끄떡없던 가마 안이니 별일이야 없겠지만, 혹여라도 거센 비바람에 놀란 건 아닌지, 무서워서 밖으로 뛰쳐나간 건 아닌지…….

강한 바람을 맞으며 뭔가 가슴이 뻥 뚫린 듯한 표정으로 미치 씨가 말을 꺼낸다.

"나는 어렸을 때부터 태풍이 오면 바다를 보러 가곤 했어요. 그러다 어머니께 혼나기도 하고. 어머니는 태풍을 아주 무서워하셨거든요."

요리 씨는 태풍이 오는 날엔 두문불출하고 자료관 문도 닫았다. 오키나와 사람이 아니어도 태풍의 위력을 잘 알고 있었기 때문이다.

"태풍이 불어닥치기 직전의 바다. 그러니까 태풍을 예감 하는 바다를 생각하면 심장이 마구 뛰면서 태풍으로 거칠게 풍랑치고 있을 바다를 상상하곤 해요."

미치 씨의 말에 미나코도 한마디 거든다.

"인간은 자신에게 닥쳐올지 모를 위험을 눈으로 확인하 려는 습성이 있다고 하더군요. 사고현장에 구경꾼이 몰려들 듯 말이죠."

"생명을 보존하려는 본능 같은 걸까?"

미치 씨가 빗방울과 그것을 튕겨내는 강한 바람을 정면으로 맞으며 혼잣말처럼 말하고는 다시 해수면으로 시선을 돌린다.

"얼마 전 쌍둥이 태풍이 왔을 때 어머니가 혼자 나가시는 거예요. 자료관에 가신다면서."

"그런 일이 있었나요?"

미나코가 놀란 표정으로 물었다.

"나도 얼마나 놀랐는지 몰라요. 태풍 속을 뚫고 외출을 감행한 건 아마 어머니 평생 처음이지 않나 싶어요. 날씨도 그렇지만 건강이…… 최근에는 차 없이는 한 발짝도 움직이지 못할 정도로 건강이 좋지 않았거든요. 뒤쫓아 가보니 아니나 다를까 길가에 꿇어앉아 계시더라고요. 차로 모시고 왔는데 완전히 기진맥진해서는. 그길로 입원."

"왜 그러셨을까요?"

미나코도 이해하지 못하겠다는 반응을 보이자 말없이 바다 쪽을 응시하던 미치 씨가 천천히, 띄엄띄엄, 가슴 깊이 묻어 두었던 자신의 이야기를 꺼내기 시작했다.

나는 어렸을 때부터 어머니를 별로 좋아하지 않았어요. 어머니는 목청도 쩌렁쩌렁한 데다 늘 무언가에 화가 난 것처럼 보였죠. 아주 작은 일에 슬퍼하고 불평불만도 많았고. 어린 눈에 비친 어머니의 모습은 그랬어요.

당시 일본 사회는 시끌시끌했어요. 그런데 그 이유를 알려고 하거나 소수의 힘없는 이들만 느꼈던 정체 모를 불안감에 함께 분노하는 사람들이 없었던 모양이에요. 그랬기 때문에 어머니의 분노에 공감하고 동참하려는 사람들이 몰려들었어요. 어머니는 주로 도쿄나 오사카 같은 대도시에 기반을 두고 이들과 연구 모임을 가졌어요. 그리고 개인 연구를 위해 한곳에 머물지 않고 이곳저곳으로 옮겨다니셨죠.

오키나와나 도쿄 등 기지가 주둔해 있는 곳엔 세계 여러 나라에서 온 평화운동가들의 커뮤니티가 있었어요.

베트남전쟁이 발발하면서 일본과 한국 기지는 미군의 출격지가 되었죠. 당시 어머니는 평화운동가들의 영향을 받기도 하고 자기만의 방식으로 삶을 살아가려고 했던 것 같아요. 당시 다른 단체들처럼 음악이라든가 명상에 기대는 일도 없었고, 자연에서 나온 것이라도 약물 같은 건 입에도 대지 않으셨죠.

어머니는 무언가를 배우고 지식을 쌓는 일을 즐기셨어요. 그리고 자신의 이상을 실현하는 데에 누군가를 이용하거나 상처를 입히는 일이 있어선 안 된다고 입버릇처럼 말씀하셨죠. 어머니는 커뮤니티를 만들고부터는 목소리를 낮추고 스스로 찾아오는 이들하고만 교류했어요.

그러던 중 어머니와 뜻을 같이 하는 이들끼리 혼슈本州의 깊은 산골로 들어가 그들만의 마을을 만들어 살기 시작했죠. 그때까지만 해도 일본에는 컬트라든가 섹트 같은 용어가 일반적이지 않았어요. 본래의 의미와 다르게 사용되었다고 할까. 지금도 크게 달라진 것 같진 않지만……. 어머니는 종교적 색채가 없는 자급자족 가능한 사상 커뮤니티를 만드셨어요.

나는 아버지와 함께 살았어요. 어수선하고 혼란스러운 가운데 학교도 다니고, 결혼도 하고……. 어려운 일도 없진 않았지만 지금 와서 생각해 보니 그럭저럭 잘 보냈던 것 같아요.

그때 내 눈에 비친 어머니의 모습은 전쟁은 끝났지만 뭔가 아주 비극적이고 슬프고 외딴곳에 홀로 남겨진 듯했어요. 일본이라는 나라의 무대 뒤편으로 떠밀려버린 저주받은 전후의 망령처럼 말이죠. 망령 같은 어머니의 주위엔 늘 망령 같은 사람들로 북적였어요. 서로 의지하고 지켜주었죠. 그랬기 때문에 어머니 곁에는 내가 들어갈 틈이 없었어요.

그 무렵 일본 사회는 전후의 상실과 부흥의 축제 분위기로 떠들썩했고, 그 뒤편에서는 어머니와는 다른, 그러나 겉으로 보기엔 별다른 차이가 없어 보이는 사람들의 목소리로 소란스러웠죠. 산속에 칩거하던 이들 가운데 몇몇이 일본 대도시 한가운데서 심각한 테러를 일으켰어요. 아마도 미나코 씨가 태어나기 전 일이지만 워낙 떠들썩했던 사건이라 들어봤을지도 모르겠네요. 그 사람들 대부분은 현명하고 솔직했어요. 그래서 그런 비극이 일어난 거라고들 했죠. 당시 혼란한 상황은 미나코 씨는 아마 짐작도 하지 못할 거예요. 작은 규모의 커뮤니티가 겪어야 했던 시련은 상당했다고 해요. 이웃들에게 아무리 폭력 단체가 아니라고 설명해도 믿지 않았어요. 아무튼 그 일이 있고 난 뒤부터 사람들은 인적이 드문 곳에 몸을 숨기고 사는 사람들 모두를 의심하고 무서워하기 시작한 것 같아요. 아무도 모르는 곳에, 아무도 모르는 조직을 만드는 것, 그 자체가 정치적 의도가 있든 없든 위법한 일이라고 경계했죠.

내가 일하면서 아이들을 키우고, 또 그 아이들이 성인이 되어 가족을 이루고, 그렇게 바쁘게 살다가 문득 어머니를 돌아보니 홀로 되어 남쪽 섬에 계시더라고요. 어머니는 말씀은 안 하셨지만 뭔가 부조리한 일들이 벌어졌던 것 같아요. 나중에 알게 되었는데, 솔직히 말하면 이미 돌아가셨지만 원망스러운 마음도 들어요. 아니 이미 용서한 걸지도 모르죠. 그 부조리한 일들이 과연 어머니의 책임인지 아닌지는 아직 판단이 서질 않아요. ……자신들이 커뮤니티에 자발적으로 참여하는 것과 그 사람들의 사상이나 생각의 자유를 속박하는 것, 그리고 공포의 시선을 받으며 살아가는 것과 자신의 의지대로 살아가는 것 등등 이런저런 생각이 꼬리에 꼬리를 물고 떠나질 않아요.

빗줄기가 거세지기 시작하자 두 사람은 서둘러 차로 돌아왔다. 와이퍼가 필사적으로 빗물을 쓸어내어도 좀처럼 시야가 확보되지 않는다.

"굉장하네요."

미치 씨의 말이 끝나자마자 빗방울에 뭉개져 보였지만 익숙한 창밖 풍경이 눈에 들어왔다. 간선도로를 따라 패밀리 레스토랑 풍의 외국 프랜차이즈 간판들이 높은 곳에 자리잡고 있다. 비가 오는 흐린 날씨를 비웃기라도 하듯 위풍당당하다. 일 층 주차장에 업혀 있는 것처럼 보이는 네모반듯한 이 층 건물 통창에 햇살이 튕겨내는 빗방울이 반짝인다. 미치 씨가,

"가게들 문 닫을 시간이고 하니. 여기 들어갈까요? 오늘 고생했는데 식사라도 같이 해요."

라며 주차장으로 차를 몰았다. 미나코는 주차된 차들이 없어 영업시간이 끝났을 것으로 생각했는데 가게 안에서 희미한 불빛이 새어 나오고 있었다. 안으로 들어가자 안락해 보이는 소파가 널찍하게 자리잡고 있다. 창밖 너머는 무섭게 내리는 비 때문에 보이지 않았다. 잠시 후 종업원이 손님이 온 것을 알아채고 자리를 안내했다.

둘은 창가 자리에 마주 앉았다. 미치 씨가 세찬 비가 쏟아지고 있는 창밖을 응시한다. 미나코는 아보카도와 스팸이 든 샌드위치와 아이스티를, 미치 씨는 연어 크림 파스타와 오렌지주스를 주문했다. 종업원은 주문을 받고는 미안하다는 표정으로 주문한 음식이 나오기까지 시간이 좀 걸릴 것 같다고 했다. 미치 씨는 괜찮다고 말하며, 재료가 떨어졌으면 떨어진 대로 만들어 주셔도 좋다는 당부도 잊지 않는다.

"저분이 요리하는 거 맞겠죠?"

미치 씨가 낮은 목소리로 말하고는 미소를 머금으며

잔에 담긴 물을 마신다.

"혹시 퀴즈 좋아하세요?"

미나코의 물음에 미치 씨는 잔에서 입을 채 떼지 못하고 의아하다는 표정으로 되묻는다.

"퀴즈라면 그 머리에 하테나ハテナ* 모자 쓰는 거?"

얼마 전 미나코가 간베 주임에게 그랬던 것처럼 미치 씨도 준비되지 않은 대답을 한다. 미나코는 웃으며,

"그건 잘 모르겠는데. 아마도요."

"좀 오래됐는데. 내가 젊었을 때 인기가 아주 많았던 프로그램이 있었어요. 이름이 뭐였더라."

미치 씨가 물컵을 테이블에 내려놓더니 오른쪽 손바닥을 들어 헬리콥터가 착륙하는 시늉을 하며,

"뉴욕에 있는 팬암 빌딩 옥상에 이렇게 사람을 태운 헬리콥터 두 대가 등장해요. 그곳이 퀴즈 대회장이 되는 거죠."

"퀴즈 출연자들이 타고 온 건가요?"

"맞아요. 앳되어보이는 현지 고등학교 브라스 밴드의 연주가 울려 퍼지고 예선을 모두 뚫고 살아남은 두 사람이 각각 다

---

*   1977년부터 1998년까지 인기리에 방영된 니혼테레비(日本テレビ) 계열의 TV 퀴즈
쇼 프로그램 〈아메리카 횡단 울트라 퀴즈(アメリカ横断ウルトラクイズ)〉에서 퀴즈
대결자들이 쓰던 모자. 빨간색 바탕에 흰색 큰 별이 그려진 마술 모자 같이 생겼으며,
버튼을 누르면 소리가 나면서 모자 위로 물음표 모양이 튕겨져 올라온다. '아메리카
횡단'이라는 이름처럼 마지막 남은 두 퀴즈 대결자를 태운 헬리콥터가 뉴욕으로 향하
고, 팬암 빌딩 옥상에서 최후의 일인을 가려낸다.

139

른 헬리콥터를 타고 등장해요. 그리고 그 옥상에서 퀴즈대결
을 벌이는 거죠."

"최후의 일인을 가려내는 거로군요."

"그렇죠. 퀴즈 출제는 예능 프로그램에 자주 보이는 아나
운서가 하는데, 옥상에 미리 와서 대기하고 있어요. 헬리콥터
가 착지하는 H마크가 새겨진 헬리포트에서."

미나코는 고층 빌딩 옥상에 올라 헬리포트에 서서
퀴즈를 출제하는 자신의 모습을 상상해 본다. 강한 바람
에 몸을 맡기고 하늘을 올려다보며 퀴즈 출연자가 타고
올 헬리콥터를 기다린다. 서툰 브라스 밴드의 음악이 울
려 퍼진다.

"지금 와서 생각해 보니 좀 이상하긴 하네요. 연예인
도 아닌 일반인이 퀴즈에 열광하면서 최후의 일인이 되기 위
해 미국까지 날아가다니 말이죠. 출연자들에게 별명도 붙
여주었는데. 중년 여성은 '기모타마 오카짱배짱뚜둑한 아줌마', 살
찐 사람은 '붓차뚱땡이', 이십대 후반 여성 회사원은 '이키오쿠
레노처녀'라고 불렀어요. 퀴즈대회라기보다 리얼리티쇼 같
은 느낌이랄까. 당시 일본 사회는 극도로 혼란했어요. 그
래서인지 모르겠는데 사람들 모두 이 퀴즈에 열광했죠. 우
리 어머니는 그런 분위기와 전혀 다른 곳에 계셨지만. 그
런데 생각해 보면. 어머니나 퀴즈 출연자나 지식으로 승
부를 걸었던 점에서 통하는 부분이 있었던 것 같아요."

"퀴즈 출연자가 유명인이나 지식인이 아니라 평범한 사람들이었다는 것도 흥미롭네요."

"주부, 회사원, 교사 등 정말 평범한 사람들이 출연했는데, 가요에서부터 채소 손질법까지 모르는 게 없는 잡학박사들이었죠."

미치 씨는 창밖을 응시하며,

"그때……."

라며, 잠시 뜸을 들이며 이야기를 이어갔다.

"미나코 씨가 처음 자료관을 찾았을 때 말이에요. 당시는 어머니가 계신 곳으로 이사 온 지 얼마 되지 않았고 평온하게 살던 때라 잊고 있었는데, 문득 어렸을 때 어머니와 그 주변 인들에게서 느꼈던 무서운 감각이 되살아나는 거예요."

팔꿈치를 세워 손바닥을 볼에 괸 미치 씨의 시선이 줄곧 창밖에 머물고 있다.

"어머니를 찾아온 아무것도 모를 것 같은 십대의 미나코 씨의 모습에서 오랫동안 묻어 두었던 공포감 같은 것이 불쑥 튀어 올라온 거죠. 솔직히 말하면 미나코 씨가 학교도 가지 않고 자료관에 드나드는 모습을 볼 때마다 걱정이 많았어요. 그것 때문에 어머니와 감정적으로 부딪힌 적도 여러 번 있었고…… 지금도 그때 내가 어떻게 처신하는 게 옳았나 생각하곤 해요."

"전혀 몰랐어요."

예상치 못한 미치 씨의 말에 미나코가 적잖이 놀란 듯했다.

"아니에요. 미나코 씨를 뭐라 하려는 게 아니라 미나코 씨 아버님도 손을 놓으신 건지, 아무리 딸이 원한다고 해도 아직 어린 나이잖아요. 꼭 어릴 때 나를 보는 것 같아서. 어머니 주변에 모여들었던 불완전하고 불안정한 젊은이들이 떠오르기도 하고. 나도 여전히 불안정해서 모르는 척 덮어두었던 해묵은 감정들이 미나코 씨를 보면서 한꺼번에 분출했던 것 같아요."

창밖은 바로 앞도 분간할 수 없을 만큼 거센 물방울이 휘몰아치고 있었다. 단지 창문 하나를 사이에 두었을 뿐인데 두 사람은 평화롭고 따뜻한 식사를 즐기고 있다. 뭔가 비현실적인 소설 같은 상황이라고 미나코는 생각했다. 속이 꽉 찬 두툼한 샌드위치를 말없이 먹으며 테이블 위에 놓인 스마트폰 앱을 작동시킨다. 웹카메라가 주변 풍경을 비춘다. 어두컴컴한 가운데 가마 출입구가 보인다. 이렇게 비바람이 거센데도 카메라는 젖지 않은 모양이다. 아마도 히코키는 가마 안에서 언제나처럼 잠을 자고 있을 것이다.

"나는 요리 씨를 정말 좋아했어요. 지금도 그렇고……."

아이스티에 우유를 넣어 빨대로 저으며 미나코가 말을 이어간다.

"두 분 사이의 문제는 간단치 않아 보여요."

"아무래도요. 부모자식 간의 문제는 언제나 어렵죠."

"이 지역 사람들에게 윤리란 무엇일까요…… 요리 씨의 삶이 힘겹다는 건, 그건 요리 씨가 아니라 세상이 이상하기 때문이라고 생각해요."

"알 수 없는 건 누구에게나 공포스러운 법이죠. 무섭게 휘몰아치는 태풍처럼."

"뭐랄까……. 민폐를 끼친다는 표현이 정확히 어떤 건지 모르겠는데, 자료관이나 요리 씨의 존재가 세상 사람들에게 도대체 어떤 민폐를 끼쳤다는 건지."

미나코는 흥분해서 소리가 너무 높아지지 않게 조심하면서 말을 이어갔다.

"별 쓸모없는 일을 취미 삼아 하면서 대개가 그렇게 그럭저럭 살아가지 않나요? 그런데 그게 사람들에게 해가 될지도 모르니 무서워하지 말라고 시시콜콜 설명하는 건 정말 어려운 일이라고 생각해요. 자료관에 쌓인 정보들은 비밀이랄 것도 없어요. 조사하려고 마음먹으면 얼마든지 열려 있죠. 당분간 저는 혼자서 일이든 공부든 이어갈 생각이지만, 보통은 사람들과 어울려 일하고 성장해 가죠."

미나코가 이렇게 남에게 자신의 생각을 분명하게 말한 적은 처음이었다. 사람들이 자신의 말을 가로막지는 않을지 거절하지는 않을지 무시하지는 않을지 늘 두려웠다. 자기도 모르게 흘러내리는 눈물을 닦아내려 엄지손가락을 얼굴에 대자 문득 안경이 만져졌다. 평소에는 잘 끼지 않기 때문에 안경 낀 것을 의식하지 못했던 것이다. 당황한 미나코가 안경을 벗어 테이블 위에 올려놓는다. 식사를 마친 미치 씨가 포크를 내려놓고 미나코의 다음 말을 기다린다.

　바람소리와 빗방울 튕기는 소리, 그리고 밝고 넓은 가게 안에서 흐르는 오르골 음향의 BGM이 뒤섞여 불안정한 하모니를 만들어 내고 있었다.

*＊＊

　기중기가 자료관을 남김없이 붕괴시키고 있다. 가볍게 스치는 것만으로 부드러워 부서지기 쉬운 비스킷처럼 형태를 잃어가는 콘크리트 건물을 히코키의 등 위에 올라타 바라보고 있다. 이렇게 맥없이 무너지는 모습을 보니 용케도 매년 찾아드는 비바람을 견뎌냈구나 하는 생각이 들었다.

　대낮이라 거리에는 사람들이 많았는데 미나코가 말을 타고 있는 모습을 이상하게 생각하는 사람은 없어 보였다. 말을 탄 미나코의 모습이 너무도 당당해서 관광 중이라고 생각하는 모양이었다. 연습한 보람을 느끼며 기바노에게서 배운 대로 작은 몸의 히코키를 조련했다. 미나코를 태운 히코키는 매우 안정적이었다. 연습이 많이 부족했는데도 미나코는 히코키를 능숙하게 몰았다. 기바노가 알려준 대로 차근차근 따라 하니 금방 익힐 수 있었다. 히코키가 기중기 소음에 놀란 듯 몸을 털어낼 때마다 미나코의 백팩이 흔들거렸다.

자료관 철거를 볼 수 있어 미나코는 안심했다. 스스로가 자랑스럽게 느껴지기도 했다.

건물 가득 들어찼던 자료들이 가치있는 것인지 아닌지는 모른다. 미나코뿐만 아니라 세상 사람들도 모를 것이다. 미나코는 다만 이 건물에 드나들면서 매 순간 자료 정리에 성실히 임했을 뿐이다. 진실은 그 순간부터 과거의 것이 된다. 그런데 그 순간의 진실이라고 하는 것이 훗날 필요할 날이 반드시 올 것이다. 자료관은 그런 것들로 가득 차 있었다. 그것이 지금 정확한 것인지, 미래에도 계속해서 진실한 것으로 남게 될지 모르지만 적어도 그런 것이 보존의 이유가 되지는 못할 것이다.

미나코가 작업한 데이터는 모두 우주공간과 남극의 심해, 전쟁이 한창인 위험지대의 쉘터, 그리고 가방 하나를 차지한 마이크로 SD카드에 하나도 빠짐없이 저장되어 있다. 그 카본 카피는 언제 어디서든 읽을 수 있도록 잠금장치 없이 오픈시켜 놓았다. 다만 그 장소들은 지구의 아주 깊숙한 지층에 뒤섞여 있다. 누구든 희망하면 쉽게 접근 가능한, 그러나 잘못 접근하면 절대 들어갈 수 없는 장소.

이 섬에서 끌어모을 수 있는 모든 정보가 언젠가 세계의 진실과 접속할 수 있도록. 자신 앞에 있는 것은 이 세상의 지식의 극히 일부에 지나지 않을지 모르지만 지우지 않고 남기는 것이 자신의 사명이라고 미나코는 신념처럼 생각했다. 이것이 만약 나쁜 일이라면 그 어떤 비난이라도 달게 받을 것이라는 각오도 되어 있다. 미나코는 별로 잃을 것도 없었다.

배낭 속 철제 상자 안에는 마이크로 SD카드와 함께 몇몇 뼛조각들이 들어있다. 자료관에서 미나코가 가지고 나온 뼛조각은 그 옛날 미나토가와에 살았던 사람들의 것이다. 요리 씨와 처음 만났을 때 미나코에게 보여주었던 그것. 그리고 또 하나의 뼛조각은 요리 씨의 것이다. 미치 씨가 화장장에서 몰래 빼내 아무도 모르게 미나코의 손에 쥐어 주었던 새하얀 뼛조각. 색도 질감도 완전히 달랐다. 눈으로 봐도 만져봐도 분명 달랐다. 미나코는 두 개의 뼛조각을 종이에 싸서 철제 상자 안에 소중히 보관한다. 아주 작은 그러나 어마어마한 정보가 담겨 있는 이 작은 뼛조각은 마이크로 SD카드나 마찬가지라고 미나코는 생각했다.

류큐 왕조 시대 사람들은 지금의 일본인과 아주 유사했던 모양이다. 왕조 시대의 오키나와인은 지금의 혼슈인과 같은 뿌리에서 나왔다고 말하기도 한다. 조몬계縄文系라고 일컬어지는 아이누인들과 류큐 민족이라고 불리던 사람들이 유사하다는 설도 있다. 물론 부정론과 긍정론이 혼재한다.

미나토가와라는 왕조 시대에는 아마도 사라지고 없었을 먼 고대인의 유적이 발견된 곳이기도 하다. 복원된 미나토가와인의 인골은 옛 조몬인의 전형적인 특징을 가지며, 오스트리아 원주민 에보리지니와 유사하다고 일컬어진다. 따라서 이 지역 사람들은 미나코가 보관하고 있는 이 뼛조각의 직접적인 후예는 아닐 것이다.

이처럼 섬에는 아직 전해지지 못한 이야기가 너무도 많다. 어둠에 갇혀 있는 이야기들은 사회학자와 역사가들의 손에 의해 차차 밝혀질 것이다. 머지않은 미래에 AI가 대신해 주는 시대가 도래할지라도, 그리고 미나코는 그건 자신의 역할이 아니라고 믿었다. 미나코는 섬의 역사에 아로새겨진 일들이 좋은 건지 나쁜 건지 알지 못한다. 윤리라는 것도 본래 역사의 흐름에 따라 얼마든지 바뀔 수 있다. 미나코가 할 수 있는 일은 사실을 기록한 것을 아카이브화하고 보존하는 일이다.

　미나코는 이 세상 어딘가에 있을 익명의 장소를 세 개의 단어로 제시하는 방법이 있다는 걸 바로 얼마 전에 알았다. 지구상의 장소를 몇 제곱미터로 구획해 의미가 담긴 단어로 제시하는 것. 언뜻 보면 아무 의미 없는 단순한 나열처럼 보이지만 암호로도 사용할 수 있다. 여기서 어떤 단어를 지정하느냐에 따라 얼마든지 복잡하게 만들 수 있다. 몇 안 되는 사람들만 아는 지도를 만들어 공유할 수도 있다. 평범한 문자나 단어처럼 보이기 때문에 소설이나 퀴즈로 만들어서 알아채지 못하게 할 수도 있다. 미나코는 퀴즈 속에 세계 여러 나라의 정보를 심어놓았다.

＊＊＊

　말 타는 것이 익숙해지면서 미나코는 새벽녘이나 야밤에 히코키를 타고 바다로 둘러싸인 섬 구석구석을 누볐다.

　히코키는 목에 웹카메라를 걸고 미나코는 안경 모양의 카메라를 꼈다. 히코키를 타고 달리며 카메라로 주변 풍경을 촬영했다. 길을 걷는 사람, 주택과 도로가 히코키의 속도에 따라 때로는 빠르게 때로는 천천히 미나코의 곁을 스쳐 지나간다. 아주 가끔 신기하게 바라보는 사람도 있었지만 대부분은 히코키가 달리든 말든 신경 쓰지 않았다. 퍼포먼스라고 생각하는 듯했다.

미나코는 자료관이 철거되어 사라지기 전에 시야에 들어오는 모든 것을 기록해 두리라 마음먹었다. 사명감이라기보다 일종의 욕망이었다.

미나코는 바로 얼마 전까지만 해도 스스로를 고독하고 폐색감에 젖은 인간이라고 생각했다. 퀴즈 참가자들처럼 말이다.

텔레비전 퀴즈가 인기를 끌었던 시대가 있었다. 매일 반복되는 일상에, 육아에, 생활고에 지친 것도 아니고, 퀴즈로 억만장자가 되기 위함도, 일생일대의 명예를 손에 넣기 위함도 아니었다. 그들이 꿈꾼 건 삶의 변화였다. 그것은 자신이 체득한 지식을 무기로 퀴즈에 도전하는 이유였다.

미나코 또한 집과 일터, 자료관을 오가는 일상을 보내왔다. 일도 그만뒀고 자료관도 철거되어 버렸지만 폐색감은 여전했다. 한 가지 달라진 게 있다면 원하면 언제든지 이렇게 말을 타고 달릴 수 있다는 것이다.

세계와 우주에서 보면, 이 섬은 아주 작디작은 티끌에 불과하다. 그 티끌보다 훨씬 더 작은 미나코와 히코키,

그리고 백팩 안 손가락 한 마디 크기의 마이크로 SD카드, 그 안에 저장된 어마어마한 정보들. 동영상과 음성. 오래된 뼛조각과 새로운 뼛조각.

＊＊＊

멋진 복장을 한 여러 인종의 남녀가 무리를 지어 거리를 활보한다. 서로 장난치고 와자지껄 웃으며 걷고 있다. 긴 생머리에 나뭇잎을 엮어 만든 머리장식을 하고, 옅은 꽃무늬 원피스를 입고 있다. 그들이 히피인지, 특정 종교에 빠진 이들인지, '썬라이즈 헬스 사이언스 시스템'을 선전하는 이들인지, 그런 건 아무래도 좋았다. 아무튼 멋있다. 이들뿐만 아니라 미국이나 일본, 이 세상 모든 사람들은 — 물론 나 자신도 포함해서 — 지식이라는 주술에 걸린 망령일지 모른다.

남녀 무리가 글자가 쓰인 깃발을 들고 있다. 깃발 귀퉁이를 잡고 일제히 머리 위로 들어 올린다. 시끌벅적한 탓일까, 강한 바람 탓일까, 깃발에 새겨진 글자가 펄렁이는 천 위에서 요동친다. 이래서야 사람들이 알아보기나 할까? 누굴 위한 글귀인 걸까? 무얼 주장하려는 걸까? 여러 의문과 질문들이 미나코의 머릿속을 맴돌았다.

종전終戰을 얼마 앞두고 오키나와 슈리 부근에서 어마어마한 폭력전이 벌어졌다. 흔히 '타이푼 오브 스틸 Typhoon of Steel' 즉 '철의 폭풍'으로 비유되는 이 폭력전은 사람들에게 깊은 상처를 안겨주었다. 벨로테 형제James and William Belote*는 이 표현을 자신들의 책 제목으로 삼기도 했다. 슈리는 레이테, 이오섬과 함께 태평양전쟁에서 가장 격렬한 전투가 벌어졌던 땅이다. 아주 짧은 기간 동안 이 땅에 어마어마한 양의 포탄과 수류탄이 떨어졌고 주변 풍경은 알아보기 힘들 정도로 변했다. 건물이 파괴되고 나무들이 죽어갔고 지형까지 뒤틀려 버렸다.

당시 전쟁에서 사망한 사람들 가운데 자결이라는 이름으로 스스로 목숨을 끊은 이들도 있었다. 삶의 터전이 한순간에 무너져 완전히 변해 버린다면 그 절망감이 얼마나 클지 미나코는 감히 짐작조차 할 수 없었다. 막다른 곳까지 내몰린 절망.

절망에 빠진 섬사람들의 시야에 펼쳐진 풍경은 지옥이었다. 얼마 전까지 사람이 살았던 곳이라고 믿어지지 않을 정도로 변해 버렸다. 재산도, 집도, 숲도, 울타리도,

---

*   *Typhoon of Steel : The Battle for Okinawa*(Bantam Books, 1984)의 저자 이름.

오르막길도, 이런저런 생명체도, 모든 것이 파괴되어 사라져버린 이곳에서 다시 삶을 이어갈 엄두조차 낼 수 없게 되어버린 상황. 절망은 사치였다. 자신을 보호하기 위한 거라며 건네받은 무기를 스스로에게 겨누지 않을 만큼 강인한 이들만 있었던 건 아니다.

오키나와 침공을 위한 아이스버그 작전은 미군 병사들에게도 적지 않은 피해를 초래했다. 살아남은 병사들도 늙어 죽을 때까지 정신적 고통에 시달려야 했다.

태풍에는 아무렇지 않던 히코키가 자료관을 부수는 기중기나 대형트럭은 무서워하는 것 같았다. 기바노가 했던 말이 떠올랐다. 말이라는 생명체는 본래 이동을 위해 진화해 왔기 때문에 자신을 둘러싼 곳에 변화가 일어날 조짐이 보이면 극도의 공포감을 느낀다고.

이 주변 간선도로는 자갈을 실은 대형트럭들이 쉴 새 없이 드나든다. 바다를 메우는 공사를 하고 있기 때문이다. 그렇게 지형이 바뀌고 경치가 변화하면 자료 정리도 다시 해야 하는데…… 자료관은 이미 사라지고 없다.

앞으로도 많은 것들이 바뀌어 갈 것이다. 그 가운데 어느 하나, 그 하나의 주변 정보들까지 미나코는 모두 갖고 있다. 세상이 바뀌어도 지금, 여기에 분명히 자리했던 정보들을 미나코는 하나하나 구체적으로 제시할 자신이 있다. 미나코는 그런 자신이 몹시도 자랑스러웠다. 미나코의 백팩엔 얼마 전까지 자료관에 보관되어 있던 정보들이 그대로 들어있다. 하나도 남김없이 말이다. 앞으로 얼마나 도움이 될지 현재로선 알 수 없다. 그런데 무언가 돌발적인, 무시무시한 폭탄과 폭풍으로, 아주 슬픈 일로 풍경이 확 바뀌어 버렸거나, 모두가 원래의 모습으로 돌아가고 싶어도 그 원래의 모습조차 잊어버렸을 때, 이 정보가 중요한 지침이 되어 줄 것이다. 모든 것이 남김없이 사라져 버렸을 때 이 자료가 그러한 곤란한 사태로부터 구해줄 거라고 미나코는 굳게 믿었다.

그러나 미나코는 그런 일이 일어나지 않기를 바랐다. 많은 시간을 투자해 기록한 정보, 자신의 보물이, 아무런 도움이 되지 않고, 세상 어느 한구석에 방치된 채, 오래되어 너덜너덜해져 사라져 버리기를, 그편이 훨씬 멋있을 거라고, 달리는 히코키의 등 위에서 따스한 온기를 느끼며 생각한다. 미나코의 얼굴 가득 미소가 번진다.

옮긴이의 말

다카야마 하네코의 『슈리의 말』은 2020년 3월, 잡지 『신초新潮』에 처음 발표되었고, 같은 해 7월 제163회 아쿠타가와상芥川賞을 수상하면서 신초샤新潮社에서 같은 제목의 단행본으로 간행되었다.

소설은 오키나와 본도의 나하를 배경으로 하며 이십 대 여성 '미나코'가 주인공이다. 미나코는 일정한 직업 없이 미나토가와 마을에 자리한 '오키나와 도서島嶼 자료관'에서 그 지역에서 발견된 자료들을 정리하고 기록하는 일을 자진해서 돕고 있다. 자료관은 정부 보조금 하나 없이 온전히 노년의 여성 요리 씨 개인에 의해 운영되었는데, 요리 씨의 사망으로 자료관은 철거될 운명에 처하고 그곳에 오랜 시간을 들여 수집, 정리, 보관해 왔던 섬의 '기억'들은 오롯이 미나코의 손에 맡겨지게 된다.

이 '오키나와 도서 자료관'과 함께 소설의 중요한 축을 이루는 것은 미나코가 새로 구한 직장과 거기서 맡게 된 업무, 즉 세계 각지에 흩어져 있는 세계인들에게 온라인으로 퀴즈를 내는 '듣도 보도 못한 이상한 일'이다. 미나코가 온라인 퀴즈로 만나게 되는 인물들은 일본인인 경우를 제외하고는 특정 국가나 민족의 이미지로 그려지지 않는다. 공간 또한 미나코의 거주지이자 자료관이 자리한 오키나와라는 곳 외에는 장소를 특정할 수 없다. 미나코와 온라인 퀴즈를 풀기 위해 접속하는 이들은 우주, 북극 혹은 남극 어딘가의 심해, 그리고 전장 한가운데의 어느 쉘터 안에 머물고 있다. 그곳에 머물게 된 이유도 하나 같이 평범치 않다. 우주에서 접속한다는 '반다'는 정치적 이유로 조국에 돌아가지 못하고 있다고 하고, 극지의 심해에 있다는 미모의 여성 '폴라'는 어렸을 때부터 가족과의 관계에 어려움을 느껴 집을 뛰쳐나왔다고 하며, 태어나보니 전장이었다는 '기바노'는 '조금 상대하기 거추장스러운 인물들'의 인질로 붙잡혀 전쟁터 쉘터 안에서 생활하고 있다고 한다.

그리고 '히코키'라는 이름의 미야코산 말과의 만남도 소설의 큰 부분을 차지한다. '히코키' 또한 단순한 말이 아니다. 지금은 단종되어 볼 수 없는, 한때 류큐 경마로 이름을 날리던 경주마이다.

언뜻 보면 전혀 관련이 없어 보이는 이 세 가지 축은 오키나와의 역사, 기억, 정보를 기록하고 보존하는 일의 중요성이라는 점에서 정확히 맞물린다.

미군과 일본에 의해 불명예스럽게 역사 속으로 퇴장했던 미야코산 경주마를 현재로 소환해 다시 오키나와 땅을 달리게 하고, 인터넷 통신을 통해 우리가 쉽게 특정할 수 없는 지역, 장소, 사람들을 만나게 하고, 그들의 평범치 않은 환경과 이력을 통해 지금을 살아가는 이들이 간과해 온 것들을 돌아보게 한다.

이 소설을 조금 더 깊이 있게 읽기 위해서는 오키나와의 역사를 알아둘 필요가 있다.

우선 오키나와가 독자적인 언어와 문화, 풍습을 지닌 독립국가 류큐 왕국이었다는 사실에서 출발하지 않으면 안 된다. 류큐 왕국은 15세기에 성립되었으며 동남아시아와 동북아시아를 잇는 해상에 위치해 중계무역으로 번성했던 곳이다. 그런데 16세기 초 일본의 사쓰마번薩摩藩의 침입을 받아 중국에만 조공을 바치던 것을 일본에도 바치게 되면서 이른바 '일지양속日支両属'의 시대를 맞게 된다. 이후 근대에 접어들면서 더욱 막강해진 일본메이지 정부은 류큐를 강제로 병합한다. 이른바 1879년의 '류큐처분琉球処分'이라는 사태다. 그렇게 류큐는 일본의 한 현県이 되었고, '류큐색'을 버리고 '일본인'으로의 정체성을 만들어가지 않으면 안 되었다. 그 후로 오랫동안 '일본인'이 되고자 할수록, '일본인'으로의 완전한 동화를 욕망할수록 '오키나와인'이라는 사실이 더욱 선명해지는 역설의 시대를 살아내야 했다.

그런데 오키나와와 일본 사이에서 아슬아슬한 줄타기를 하며 '완전한 일본인'으로의 변화를 도모해 간 오키나와의 역사에 또 다른 전환점이 찾아든다. 바로 일본의 패전과 미군의 점령이라는 사태다. 일본은 연합군에 의해 점령되었고 오키나와 제도는 미군정하에 놓이게 되는데, 그 과정에서 수많은 민간인의 희생을 낳았다. 제2차세계대전 막바지에 벌어졌던 오키나와전투는 오키나와인으로 하여금 자신들이 '일본인'이면서 '일본인이 아닌 존재'라는 사실을 확실하게 각인시켜 주었다. 그 가운데 '집단자결'이라는 사태는 오키나와전투의 비극성을 압축적으로 보여준다.

이후 오키나와는 일본 본토로부터 분리되어 무려 27년간이나 미점령하에 놓여 있다가 1972년 일본으로 '복귀復帰'되었다. 하지만 일본으로의 '복귀'는 하나의 목소리로 수렴되지 않는다. '복귀'와 '반反복귀'를 둘러싸고도 여러 의견이 나뉘며, 소수이긴 하나 '독립'을 주장하는 목소리도 없지 않다.

소설 『슈리의 말』은 이처럼 여러 번의 귀속변경을 거쳐온 굴곡진 오키나와의 역사를 어느 것 하나 놓치지 않고 섬세하게 배치하고 있다. 과거에서 온 미야코산 경주마 '히코키'의 은신처가 된 '가마'는 오키나와전투에서 주민들의 은신처가 되어 주기도 하고, '집단자결'이라는 비극의 장이 되기도 했던 자연동굴이며, 미나코가 매료

되었던 '오키나와 도서 자료관'은 과거 미점령 시대에 세탁소로 사용되던 건물이다. 그리고 거리 곳곳에 남아 있는 외인주택의 흔적도 놓치지 않는다. 무엇보다 거센 태풍에도 끄떡도 하지 않던 '히코키'가 자료관을 부수는 기중기 소리와 대형트럭의 소음에 극도의 공포감을 느끼는 것으로 묘사함으로써 오키나와가 여전히 전쟁의 위험을 껴안은 '기지의 섬'이라는 것을 상기시킨다.

작가 다카야마 하네코는 오키나와라는 렌즈를 통과해야 보여오는 것들을 민감하게 감지하지만 끊임없이 일정한 거리를 두려는 모습을 보인다. 미나코가 오키나와 출신이 아니라는 것, 어렸을 때 오키나와에 정착했지만 오키나와 방언을 말할 줄 모른다는 것, 오키나와 지역 주민과의 교류가 일절 없다는 것(요리 씨와 미치 씨, 간베 주임 모두 본토 출신이다) 등이 그것이다. 소설 도입부에서 류큐처분, 오키나와전투, 철혈근황대, 히메유리 간호대, 집단자결 등의 용어가 내포하는 복잡한 역사적 함의를 간단하게 압축해서 단숨에 말해버리고, 그것을 기록하고 보존하는 일은 가능하지만, 분석하고 가치판단을 내리는 것은 또 다른 이들의 몫이라고 분명히 선을 긋는 것 역시 마찬가지다.

여기에서 오키나와를 대하는 작가 다카야마 하네코의 글쓰기 윤리를 읽어 낼 수 있다. '고독한 업무 종사자를 위한 마음 케어와 지성의 공유'라는 이름을 내걸고 홀로 온라인 퀴즈를 진행해 온 미나코를 비롯해 반다, 폴라, 기바노, 간베 주임, '우리 동네 작은 전기상' 주인, 택배 배달원에 이르기까지 소설 속 인물들은 하나 같이 고독과 외로움을 껴안은 존재로 묘사되지만, 거대 서사에서 소외된 자, 주류에서 소외된 자, 고독한 자의 자기 서사 혹은 역사를, 직접 체험한 것도, 당사자도 아닌 이들과 분유^{分有}하는 동시에 분리하려 한다. 섬의 역사를 기억하고 자료를 분류하고 정리하는 일에 누구보다 열심인 미나코이지만 그것을 해석하고 가치판단을 내리는 일에는 자의식이 작동하지 않으며 자기 주관을 철저히 배제한다. 섬의 역사와 섬사람들의 육성이 들어 있을 것으로 보이는 오래된 카세트테이프(전기상에서 훔쳐온 카세트플레이어에 들어 있던 것 포함)를 곁에 두고도 왠지 재생을 미루는 듯한 모습이라든가, 영상 촬영이 가능한 특수 안경을 끼고 '히코키'의 등에 올라타 눈에 들어오는 섬의 풍경을 무작위로 찍어댄다든가, 자료관의 데이터를 우주와 극지의 심해, 전장의 쉘터로 분산해 전송하는 행위 등이 그러하다. 특히 데이터를 여러 장소에 분산시켜 보존하려는 행위는, 순수하게 자료의 안전을 도모하는 것으로도, 자신의 손이 닿지 않는 아주 먼 곳으로 보내버림으로써 그것과 확실한 거리두기를 하려는 것으로도 읽을 수 있다.

자료관 폐쇄가 결정되고 퀴즈 일도 그만두기로 결심한 미나코는 반다와 폴라, 기바노에게 자료관의 데이터를 보관해 줄 것을 부탁하고 마지막 인사 겸 세 단어로 된 퀴즈 ─ '니쿠자가감자조림', '마요우헤메다', '가라시겨자'(다른 퀴즈와 달리 정답은 말하지 않은 채 공백으로 남겨둔다) ─ 를 던져준다.

　　아무런 연관이 없어 보이는 이 세 단어에 과연 어떤 의미가 있는 걸까. 독자들의 궁금증을 자아내는 이 마지막 퀴즈의 힌트는 세 단어로 위치를 특정할 수 있다는 '왓쓰리워즈what3words'라는 앱에서 찾을 수 있다. 이 앱은 지구의 표면을 3×3m 크기의 정사각형으로 구분해 각각의 정사각형에 세 단어로 된 고유한 주소를 부여하는 지리 코드 시스템이다. 산이나 바닷가처럼 주소를 특정하기 어려운 위치도 쉽게 확인하고 공유할 수 있다고 한다. 실제로 미나코가 제시한 세 단어를 '왓쓰리워즈'라는 앱에 입력해 보니 옛 류큐 왕국의 번영을 상징하는 슈리성이 자리했던, 현 나하시 소재의 '슈리' 지역이 떴다. 이 '슈리'라는 지명 안에 작가가 던지는 중요한 메시지가 들어 있는 듯하다. 요컨대, 어딘지 특정하기 어려운 주소, 즉 국가가 구획하고 시스템화한 주소에 편입되지 못하고 이름조차 주어지지 못한 위치와 공간들에 '왓쓰리워즈'가 제 이름을 갖게 해준 것처럼, 틀림없이 존재했지만 망각되고 지워질

위기에 처한 '오키나와' 혹은 '슈리'의 역사와 그 지역 사람들의 서사에도 온전한 제 이름을 찾아주어야 함을 에둘러 말하려던 것은 아닐까.

　　이 소설이 간행되기 바로 얼마 전인 2019년 10월, 슈리성 정전正殿이 화재로 전소되는 안타까운 일이 발생했다. 슈리성은 오키나와전투 당시 미군의 폭격으로 완전히 파괴되었다가 1992년에서야 복원이 이루어졌는데 여기에는 현지조사를 거듭하며 축적한 방대한 자료가 뒷받침되었다고 한다. "기록하는 것이 희망이다"『오키나와타임스』, 2020.7.30라는 작가 다카야마 하네코의 메시지처럼 전화로 폐허가 된 슈리성을 복원하는 데 사용했던 자료들은 이번 화재로 소실된 슈리성 복원에도 요긴하게 사용될 것이다.

　　이 소설을 번역하기까지 꽤 오랜 시간이 걸렸다. 분량이 많아서도 아니고 문장이 어려워서도 아니다. 여타 소설들과 결이 다른, 조금 낯선 지점들에서 주저했기 때문이다. '오키나와', '자료관', '온라인 퀴즈', '미야코산 말' 등 서로 관련이 없어 보이는 모티프가 묘하게 뒤엉켜 있는 데다 정답 없는 퀴즈마냥 작가가 던지고 있는 메시지를 쉽게 풀어내기 어려웠던 탓도 있다. 모쪼록 작가가 던지는 퀴즈 같은, 그러나 결코 가볍지 않은 질문들에 대한 답을 찾아가는 여정이 고독하지 않기를, 무엇보다 오키나와로부터 발신하는 메시지가 팬데믹 시대의 고독한 독자들에게 작지만 큰 위로가 되기를 바란다.

2023년을 열며
손지연 씀